AQUELE MUNDO DE VASABARROS

JOSÉ J. VEIGA

Aquele mundo de Vasabarros

Copyright © 2022 by herdeiro de José J. Veiga

Grafia atualizada segundo o Acordo Ortográfico da Língua Portuguesa de 1990, que entrou em vigor no Brasil em 2009.

Capa
Kiko Farkas

Ilustração de capa
Deco Farkas

Foto do autor
Gabriel Martins/ Acervo pessoal

Preparação
Gabriele Fernandes

Revisão
Marise Leal
Márcia Moura

Os personagens e as situações desta obra são reais apenas no universo da ficção; não se referem a pessoas e fatos concretos, e não emitem opinião sobre eles.

Dados Internacionais de Catalogação na Publicação (CIP)
(Câmara Brasileira do Livro, SP, Brasil)

Veiga, José J., 1915-1999
    Aquele mundo de Vasabarros / José J. Veiga; posfácio de Agostinho Potenciano de Souza. — 1ª ed. — São Paulo: Companhia das Letras, 2022.

    ISBN 978-65-5921-380-1

    1. Ficção brasileira. II. Título.

21-133346   CDD-B869.3

Índice para catálogo sistemático:
1. Ficção: Literatura brasileira   B869.3

Cibele Maria Dias – Bibliotecária – CRB-8/9427

[2022]
Todos os direitos desta edição reservados à
EDITORA SCHWARCZ S.A.
Rua Bandeira Paulista, 702, cj. 32
04532-002 — São Paulo — SP
Telefone: (11) 3707-3500
www.companhiadasletras.com.br
www.blogdacompanhia.com.br
facebook.com/companhiadasletras
instagram.com/companhiadasletras
twitter.com/cialetras

Sumário

AQUELE MUNDO DE VASABARROS, 7

Posfácio — *Um campongue aberrante*, por Agostinho Potenciano de Souza, 195
Sugestões de leitura, 205

Se houve algum dia quem desejasse conhecer Vasabarros por dentro, esse desejo se desvanecera há muito tempo. Vasabarros agora era um lugar situado fora dos caminhos e das cogitações do mundo. Saber que aquilo ainda estava de pé já era o suficiente para tranquilizar quem passasse ao longe. As pessoas olhavam a massa enorme, espraiada, sempre escura, se lembravam das lendas ouvidas em criança, e desviavam o olhar, às vezes com arrepios. Mas ninguém queria ver a feia construção desmanchada, fosse pelo tempo, fosse por algum desastre geológico; enquanto Vasabarros continuasse em pé e sólido, suas paredes de duro granito continuariam protegendo o resto do mundo do derrame de qualquer peçonha que pudesse existir, que devia existir atrás delas.

Vasabarros era feio a qualquer hora, nem a força do sol mais forte conseguia mudar a cor das paredes, paredões, muralhas, torres e contrafortes que o tempo, a chuva, a poeira, o musgo haviam decidido que seria escura e triste. Vasabarros era como um vulcão que as pessoas que vivem ao pé dele querem ver sempre lá, desde que adormecido; se um dia aquilo desmoronasse, ninguém sabe o que poderia escorrer das ruínas.

Não havia registros de sua origem ou de sua construção, para todos os efeitos a mancha feiíssima estava ali desde o começo do mundo. Dizem alguns historiadores fantasistas que a princípio o lugar não se chamava Vasabarros, mas Vale-a-Barba, ou Vai-Alabarda, nomes que nada esclarecem. Melhor ficar então com o nome que o tempo consagrou, e que, mesmo não tendo também muito sentido, pelo menos é fácil de dizer e evoca conceitos aceitáveis com um mínimo de imaginação.

Pelo que se sabia cá fora, aquilo era um castelo aberrante, ou fazenda fechada, que vinha atravessando os tempos sempre nas mãos de descendentes da mesma família de início ou origem ignorada; porque — pelo que se sabia também — a história de Vasabarros era guardada em assentamentos a que pouquíssimas pessoas tinham acesso. Mas como não há segredo que resista inteiro ao tempo, parte da história do lugar, e alguns fatos que aconteceram lá em determinado período acabaram se filtrando para fora, e até com certa riqueza de detalhes. A cronologia pode não estar muito certa, mas os acontecimentos, encontrados em relatos de viajantes que lá estiveram em épocas diferentes, parecem verdadeiros.

Comecemos com a cerimônia do Enxoto das Aranhas, que se realizava no dia 1º de abril em todas as dependências do campongue, como era chamado o vasto conjunto de prédios grandes, médios, pequenos, altos, baixos, que de longe davam a impressão de massa inteiriça. Desde cedo nesse dia, todos os funcionários e empregados de qualquer categoria ou função tinham de se apresentar em seus postos com o uniforme da cerimônia, a vassoura de cabo comprido, a vara com o chumaço na ponta e o balde de azeite. Em cada quarto, sala, corredor, escada, pátio, lance de porão, havia um fiscal para ver se os uniformes e apetrechos estavam em ordem. Essa verificação tomava tempo porque sempre havia um elemento displicente que esquecera o gorro com o distintivo do departamento, outro que viera com o gorro trocado, outro que se apresentara de botinas em vez de botas, e acertar tudo isso dava trabalho, o funcionário descuidado tinha de correr ao almoxarifado de sua seção e pegar a peça certa, enquanto o seu nome era anotado para fim disciplinar.

Tudo tinha que estar xipexepe antes das sete da manhã, custasse o que custasse; porque às sete em ponto, com a autoridade máxima — o Simpatia — já no palanque, soava o toque de corneta que dava início à cerimônia. Aí, todo mundo, de vassoura nas mãos e movimento engatilhado, saía vassourando furiosamente todos os cantos, gretas, fendas, desvãos na maior algazarra e esparramo, qualquer brincadeira era permitida no Enxoto. As aranhas que se escondiam em lugares inacessíveis às vassouras eram enxotadas com as tochas, e, como o pessoal não tinha muito cuidado na hora de embeber os chumaços no azeite, em pouco tempo o chão ficava respingado, as botas lambuzadas, e havia também muita molecagem entre os enxotadores, uns passando os chumaços azeitados no rosto ou no uniforme dos outros antes de acendê-los, os fiscais fazendo vista grossa desses abusos, quando não os instigando.

O Enxoto das Aranhas ia em meio, todo mundo já bastante besuntado, o chão um visgo de fazer gosto, um garoto que trabalhava de ajudante de despensa escorregou e caiu, na queda raspando a vassoura na cara de um rapaz das cavalariças. O rapaz limpou duas ou três aranhas de em volta da boca e avançou com o chumaço aceso para cima do garoto ainda no chão, parecia que com o intento de tocar-lhe fogo, o que seria fácil porque o uniforme do garoto estava que era azeite só, sendo ele o mais pequeno da equipe todos se divertiam à custa dele.

Vendo o que estava para acontecer, um senhor magro de barbicha adiantou-se e segurou o braço do cavalariço.

— Não se meta. Largue o meu braço — disse o moço.

— Você vai queimá-lo — disse o barbicha.

— Vou.

— Por quê?

— Não viu o que ele fez? Não viu que ele tacou a vassoura na minha cara?

— Foi sem querer — disse o garoto já de pé. — Eu ia caindo, me esqueci da vassoura.

— Está vendo? Foi sem querer. Coisas que acontecem — disse o barbicha.

— Pois é. Eu também vou sapecar ele sem querer — disse o cavalariço, desvencilhando-se da mão que o segurava e marchando para o menino, que não sendo pateta percebeu o perigo e saiu quebrando cangalha entre os enxotadores, afastando um, puxando outro, desequilibrando muitos e quase caindo novamente, com o perseguidor atrás, abrindo caminho com o chumaço aceso.

— Segurem esse louco! — gritou o barbicha, correndo atrás mas evitando chegar muito perto, barba besuntada de azeite pega fogo fácil.

Com receio da rocha, ninguém se animava a segurar o cavalariço, um rapagão forte, cara larga, cabelo anelado saindo por baixo do gorro muito pequeno, e costeletas compridas e largas, ele já estava quase alcançando o menino mas não conseguia atingi-lo: muito esperto, o menino ora aproveitava o azeite para patinar nele, ora se escondia atrás de um ou de outro; até que um enxotador industrioso meteu um cabo de vassoura entre as canelas do cavalariço e o derrubou de borco, e na queda ele largou a tocha. Vendo-o no chão e desarmado, vários enxotadores se jogaram em cima dele e o agarraram.

O cavalariço teria escapado com uma reprimenda, ou no máximo com uns cascudos informais aplicados ali mesmo, se o azar não o tivesse marcado naquele dia. O Vedor-Mor, que costumava visitar algumas dependências nas grandes cerimônias, mais para prestigiar do que para corrigir, entrou no salão com os seus ajudantes justamente quando o cavalariço estava pega-não-pega o garoto. A autoridade ficou parada olhando e fez sinal a seus homens para não interferirem. No alvoroço, a sua presença não foi percebida; e quando o cavalariço já estava subjugado, ele se aproximou sem alarde, colocou os dentes de ferro, abaixou-se com um estalar de juntas e mordeu uma orelha do cavalariço, que nem se mexeu de tão apavorado com aquele homem de roupa preta lustrosa respirando tão perto dele; apenas gritou, mas quando já não tinha mais remédio. O Vedor mandou que um de seus homens tomasse as outras providências para o processo e se afastou com os outros para não atrapalhar o andamento da cerimônia.

Houve um murmúrio de compaixão na sala, mas não passou disso. O Enxoto prosseguiu, agora sem o calor e a algazarra de antes, todos trabalhando mecanicamente como movidos por engrenagens de corda.

Levado ao senesca da segurança, o processo andou rápido, e menos de um quarto de hora depois chegaram os tiburneiros com a barrica, o cavalariço foi metido nela e rolado da sala. Ninguém falou mais até a hora do banquete, como se um raio tivesse caído no meio deles e tirado a fala de todos; e o garoto da despensa ficou com cara de culpado pela desgraça de um companheiro, o que também foi motivo de muita consternação. Quando as cornetas soaram em todas as dependências anunciando o fim do Enxoto e início do banquete, parecia que ninguém naquela sala estava com apetite; mas comer também fazia parte da cerimônia, e ninguém podia faltar.

O banquete era presidido pelo Simpatia e assistido por toda a família — a Simpateca, o filho Andreu, a filha Mognólia e mais os senescas, os conselheiros, os ajudantes, todos vestidos com seus uniformes vistosos e usando penduricalhos diversos. A mesa enorme, tomando todo o salão de festas, tinha a forma de U, sendo a parte curva, mais elevada do que o resto, ocupada pelo Simpatia e sua família.

Criados vestidos de camisola e de rosto pintado serviam a

comida, atendendo a qualquer pedido ou objeção até do mais humilde faxineiro, como se estivessem servindo um senesca ou o próprio Simpatia.

Mas essa cortesia exagerada tinha muito de malícia ou maldade, e sabendo disso as pessoas comiam com os olhos no prato e a atenção no regulamento, que todos repassavam um dia antes; porque de sua mesa elevada o Simpatia de vez em quando pegava a luneta que ficava ao lado do prato e focalizava um setor do enorme salão: se percebia alguma falha, dava uma ordem e o delinquente era retirado na própria cadeira, carregada por homens fortes, como num andor, derrubando fragmentos de comida pelo caminho.

Notando que num setor o pessoal não mastigava com o entusiasmo requerido, o Simpatia mandou tocar uma música saltitante, e foi o que bastou para todo mundo passar automaticamente a mastigar no ritmo vivaz. Parece que eles tinham solução para tudo em Vasabarros.

De repente, sem aviso nem sinal, o Simpatia jogou o prato para trás, soltou o longo zurro regulamentar, levantou-se e se retirou com o seu séquito por uma porta larga no fundo do salão; e mal a porta se fechou, bandos de cachorros famintos surgiram por todas as outras portas, subiam na mesa, entornavam pratos e travessas, disputavam pedaços de carne ou aves com os comensais que ainda não haviam terminado, e o salão ficou um desmantelo, gente se defendendo com cadeira, se embaraçando em cachorro, rolando no chão com eles, sendo mordida, dando pontapés, jogando pratos em cachorros, abrindo caminho como podia para sair, e precisavam sair depressa para não chegarem atrasados ao Salão da Premiação, onde seriam entregues diplomas aos que tivessem se destacado na cerimônia do Enxoto.

Essa parte da festa começou com grande atraso e se encerrou antes do fim previsto, ocorrência até então inédita em Vasabarros.

O motivo foi a relutância de Mognólia em participar, e quando finalmente concordou por não haver outro jeito — o regulamento não poupava ninguém — ela chorava o tempo todo e não prestava atenção ao seu papel no ritual. É que o seu cachorrinho muito estimado havia desaparecido e não estava sendo encontrado em parte alguma, apesar das buscas sistemáticas em todo o campongue. Ela receava, ou alguma coisa lhe dizia, que ele tinha sido massacrado ou mesmo devorado pelos cachorrões famintos, e que os empregados haviam dado sumiço aos restos para que ela não ficasse sabendo.

Mognólia era uma menina suave, sentimental, emocionalmente vulnerável, esquecida pelos pais, que no entanto davam atenções exageradas a Andreu, um ano e meio mais novo, robusto e extrovertido. Mas Andreu não se sentia feliz com essa preferência, era muito amigo da irmã e se esforçava por compensá-la da frieza dos pais, estava sempre protegendo-a dos rigores dos regulamentos e da vigilância dos senescas, dos mijocas, dos merdecas, dos coringas, das grumas, uma gente que procurava agradar os poderes dificultando a vida da pobre enjeitada; a única exceção nesse universo de carrascos era o senesca Zinibaldo, homem ponderado, humano até onde os regulamentos permitiam, e muito amigo de Andreu e Mognólia.

Com o desconsolo de Mognólia pela perda do cachorrinho, alguns campeões do Enxoto não chegaram a receber seus diplomas porque ela não conseguia separá-los do maço, as lágrimas não a deixavam ler os nomes, as mãos tremiam, e o senesca Zinibaldo a socorreu propondo o encerramento. A família se retirou para seus aposentos, o Simpatia muito contrariado com a quebra do protocolo, a Simpateca também emburrada com o que considerava futilidade da filha. Só Andreu fazia o possível para consolar a irmã, e prometeu ele mesmo procurar o cachorrinho e não descansar enquanto não o encontrasse.

O Simpatia fechou-se em seu gabinete com o chefe do cerimonial, um homem alto, magro, de olheiras escuras e cabelo repartido ao meio e sempre emplastado de brilhantina, e deu instruções para não ser perturbado. A Simpateca foi deitar-se pretextando dor de cabeça, mas chamou a gruma encarregada da despensa, sinal de que o regime tantas vezes iniciado mais uma vez ia ir por água abaixo. Mognólia e Andreu ficaram sozinhos mas observados a distância por um ou outro merdeca ou mijoca ávido por prestar serviço e faturar promoção ou favores. Mognólia ainda chorava, o cachorrinho tinha sido o seu companheiro de todas as horas.

— Não chore, Mogui. Ele vai aparecer — disse Andreu acariciando os cabelos da irmã.

— Preciso tanto dele — ela disse soluçando. — O que terá acontecido com ele?

— Nada de sério, você vai ver. Todo mundo conhece o Ringo. Você acha que alguém ia ter coragem de furtar, ou de maltratar o Ringo sabendo que ele é seu?

— Mas cadê ele?

— Ele se extraviou na confusão. Não é a primeira vez, é? Alguém vai achar e trazer.

— Meu Ringuinho. Gosto tanto dele. Meu companheirinho... — Mogui caiu novamente no choro descontrolado.

Andreu ajoelhou-se diante do sofá onde ela estava, pôs as mãos nos joelhos dela e os acariciou.

— Chore não, Mogui. Ele vai aparecer. De hoje para amanhã.

— Tenho medo, Andreu. Tenho medo de não ver o meu Ringo nunca mais. De nunca mais pegar ele no colo. De nunca mais apertar a orelhinha dele. Ele gostava, sabe?

— Você vai ter ele de novo, Mogui. Não chore tanto, que pode dar azar.

Mognólia parou de chorar, ficaram calados por algum tempo. Vendo Andreu pensativo, ela disse:

— Você não precisa ficar triste. Deixe que eu fico. Você não gostava dele.

— Ele latia pra mim — disse Andreu se justificando. — Estou preocupado agora é com o outro assunto. Eles estão trancados no gabinete do pai, ele e o Gambá Engraxado. Qualquer hora mandam chamar você.

— Ah, não. Agora não.

— Então é bom ir para a cama e dizer que está doente. Quer que eu chame a gruma?

— Não. Ela vem é me espiar. Fique você comigo.

Alguém bateu levemente na porta, Mognólia deduziu que não podia ser a gruma: essa batia forte e escancarava a porta em seguida, parecia que sempre esperando surpreender a menina em algum ato denunciável.

Andreu foi abrir, era o senesca Zinibaldo. O senesca ficou parado à porta, aguardando o convite para entrar. Mognólia levantou-se e caminhou para ele ansiosa, mas nada perguntou, com medo de que ele trouxesse má notícia. O senesca entendeu e falou:

— Ainda não trago nenhuma notícia. Trago a informação de que o corpinho não foi encontrado, o que devemos considerar bom sinal. Se ele não morreu, então está vivo. Não é lógico?

Andreu entrou no assunto e deu a sua contribuição:

— É isso, Mogui. Se ele tivesse morrido, o corpo já teria sido achado, com tanta gente procurando. E não tenha dúvida: tem muita gente que adora dar má notícia.

Mognólia estava quase aceitando o raciocínio; mas ainda tinha uma dúvida.

— E se alguém dos que não gostam de dar má notícia encontrou o corpo e deu fim a ele?

— Isso não, dona Mognólia. Nesse caso eu saberia e viria lhe dizer, por mais que me custasse. Confie em mim — disse o senesca.

— Eu confio — disse Mognólia.

— Nós confiamos — disse Andreu.

— Me sinto honrado. Mas eu vim aqui também para um outro assunto — disse o senesca baixando a voz. Hesitou, caminhou de manso até a porta, escutou. Abriu a porta de chofre — e apanhou um merdeca curvado de lado rente a ela, como esperando que alguém saísse por ela e o montasse. Apanhado de surpresa, o merdeca ficou sem ação, nem se lembrou de endireitar o corpo.

— Que é isso, praça? Treinando pra cavalo?

O merdeca recobrou a fala e tentou se justificar:

— Ora essa, seu Zinibaldo. É o reumatismo — e se afastou ainda curvado pelo longo corredor, exagerando na dificuldade de andar.

Os dois irmãos e o senesca explodiram em gargalhadas. Finalmente o senesca avisou:

— Eles são primários, mas é bom ter cuidado. O outro assunto que eu queria falar é o seguinte: fiquem sossegados, não vai haver tempestade. Falei com o Cerimônia antes que ele entrasse, pedi pra jogar água fria.

— E ele vai atender? — perguntou Mognólia meio duvidando.

— Ora se. Ele sabe que se não atender, eu espalho por aí umas coisas que por enquanto só eu sei. Agora me dão licença que eu vou fazer mais uma ronda. Qualquer novidade, venho informar.

A caminho do seu cubículo após o banquete, o ajudante de despensa ia preocupado, encolhido no uniforme lambuzado, as mãozinhas magras enfiadas nos bolsos, o pensamento ainda no incidente com o cavalariço. Por que aquilo fora acontecer logo com ele, que ajudava todo mundo, não respondia mal a ninguém, nem quando sofria brincadeiras pesadas? Agora todo o pessoal das cavalariças ia persegui-lo, armar ciladas para ele, espancá-lo — só porque ele estava perto do cavalariço quando escorregou e caiu. Todo mundo viu que ele não teve culpa, aquele senhor de barbicha até tomou a defesa dele. Quem era esse senhor? Mandava alguma coisa? Parecia tão sozinho, tão desamparado também, devia ser um dos guarda-livros, uma gente também muito sacrificada porque não pode errar nos números. Melhor não contar com ele. Será que convinha arranjar uma arma? Um canivete pelo menos, para não se entregar como carneiro. Isso não, era perigoso. Se fosse apanhado com arma, aí é que estaria encalacrado de vez. Dos males o menor. Agora ele estava apavorado, mas estava vivo. Estava mesmo? Quem podia dizer que estava vivo em Vasabarros?

Nesse estado de espírito ele virou uma curva do corredor subterrâneo mal iluminado pelos rolos de cera sustentados por braços de ferro fincados nas paredes, e ouviu uns estalinhos leves nas lajes atrás dele. Sentindo perigo, o garoto se arrepiou todo, o coração disparou, a boca se abriu instintivamente para ajudar a respiração. E agora? Olhava? Corria? E adiantava correr? Na certa eram muitos. Quase chorando, pensou na mãe. Mas onde estaria ela?

Parado, paralisado, conformado, ele esperou — até que sentiu qualquer coisa fria tocando-o de leve no calcanhar. Instintivamente olhou. Uma insignificância de cachorrinho preto o cheirava, abanando um toquinho de rabo, e abanando tão ligeiro que o rabo parecia movido a corda. Todos os músculos do menino se afrouxaram, o cabelo baixou na cabeça, a respiração desprendeu-se num suspiro. Ele abaixou-se e pegou o bichinho. Era lustroso e macio, e perfumado.

Chegando-se para mais perto de um rolo, o menino pôde olhar melhor. O queixo pontudo, a cabeça redondinha, parecendo goiaba grande, as orelhas compridas espetadas davam ao bicho uma carinha engraçada de morcego.

— Está perdido, é, morceguinho? — disse o menino acariciando o narizinho úmido. — De onde você veio? Quem é o seu dono?

O cachorro bocejou, mostrando uma linguinha vermelha estreita, quase como língua de passarinho, e começou a se interessar por um botão do uniforme do menino, puxando-o com uma patinha minúscula, mordiscando, lambendo.

— Sabe de uma coisa, morceguinho? Você hoje vai dormir em meu quarto. Me fazer companhia. Estou precisado.

Com o cachorrinho no ombro teimando em lamber-lhe a orelha com a linguinha morna, mas sendo impedido por causa da aflição que causava, o menino continuou andando pelo corredor, dobrou mais algumas esquinas e curvas até chegar ao cubículo onde descansava o corpo das condenações do dia.

O menino abriu a porta, que ficava fechada apenas com uma tramela de madeira, e entrou com o cachorrinho ainda no ombro, e descansou-o num tamborete desconjuntado enquanto ia acender o rolo; mal virou as costas, o cachorro pulou no chão e saiu farejando no rumo da porta. O menino fechou a porta depressa com o pé, o cubículo sumiu na escuridão. O menino foi apalpando até encontrar os fósforos.

Com o cubículo mais ou menos iluminado pela luz fraca do rolo, o menino deitou-se no catre morrinhento com o cachorrinho ao lado e voltou a pensar nos acontecimentos do dia, que já não pareciam tão graves, pelo menos enquanto ele estivesse ali, com a porta fechada por dentro, ele olhando os objetos familiares nos quais confiava.

De repente o cachorro começou a latir. O menino pulou do catre e foi escutar à porta. Nenhum ruído lá fora. Mas como já tinha ouvido dizer que cachorro tem ouvido mais apurado do que gente, achou melhor não abrir a porta. O cachorro ensaiou descer do catre, experimentou num ponto, tentou noutro, concluiu que a altura desaconselhava, e se conformou em ficar onde estava. Mas voltou a latir. O menino quis acariciá-lo, ele se esquivou; e vendo que não ia ser entendido, abaixou-se na cama, selando o corpinho no meio, e largou uma mijada demorada. O menino não percebeu logo o que ele estava arranjando, e quando entendeu já era tarde, e só o que pôde fazer foi ficar furioso.

— Olhe aí o que você fez, seu safado! Mijou na minha cama! E agora? Como é que vamos dormir?

Já aliviado, o cachorro apenas olhou para ele e bocejou, mostrando novamente a linguinha de pássaro. O menino agarrou uma orelha do cachorro para torcê-la, ele soltou-se com um safanão e arreganhou os dentes.

— Ah, você morde, é, bandido? Mija na minha cama e ainda quer me morder? Pois vou lhe dar uma surra de cinturão pra você aprender a ter respeito.

Tirou o cinturão e avançou para o cachorro; mas vendo aquela coisinha insignificante encolhida na cama, tremendo e olhando para ele como pedindo perdão, amoleceu e desistiu.

— Está bem. Por esta vez passa. Mas não me caia noutra. E vamos descer daí pra eu pelo menos dar um jeito neste chiqueiro. Só me faltava essa. Dormir em cama mijada de cachorro.

Pôs o cachorro no chão, puxou um caixote que ficava debaixo da cama, tirou dele uns panos velhos e estendeu em cima do mijo. Era só o que ele podia fazer para remediar a situação. Depois deitou-se, e para encher o tempo tirou do bolso um cordão emendado nas pontas, que usava para se distrair formando aqueles trançados de desenhos variáveis conforme a colocação dos dedos. O cachorro ficou empezinho, com as mãos apoiadas na beira da cama se esforçando para subir, choramingando e armando pulos que não achava jeito de dar. O menino fingiu que não percebia, mas acabou cedendo e o puxou para cima. O cachorro logo se interessou pelo brinquedo do cordão e quis participar, enfiava uma pata nos vãos do desenho e só conseguia atrapalhar. O menino desistiu de brincar e guardou o cordão. O cachorro subiu para o peito dele, aninhou-se e dormiu. O menino dormiu também.

Por baixo de uma calma aparente, mantida com dificuldade para não atrair algum merdeca, havia grande agitação nas cavalariças. O episódio do embarricamento afetara a todos, mas não no sentido que o menino da despensa receava. A agitação era porque no dia seguinte iam fazer o sorteio dos bens deixados pelo embarricado. Não eram muitos, mas havia gente interessada neles. Havia um par de botas vermelhas que levantava a maior onda entre as moças do campongue. Havia um par de óculos de cor também muito admirado; um boné de lã xadrez com abas que baixavam e se abotoavam no queixo no tempo frio; um canivete com vários ferros dobráveis: duas ou três lâminas de cortar, um saca-rolhas, um ferro de abrir garrafa de chapinha, uma sovela, e mais uns dois ou três ferros de finalidade desconhecida. Havia um sabonete cor-de-rosa muito perfumado e com pouco uso; um cinto cravejado de escudos ou medalhões dourados; um suéter amarelo com alguns pequenos furos que podiam ser de traças ou de brasas dos cigarros de palha que o moço fumava deitado; um retrato de uma moça de óculos que ele nunca disse a ninguém quem era; um anelão de prata com uma caveira e dois ossos cruzados. O alvoroço dos cavalariços era a tentativa de acordo na distribuição do modesto espólio para evitar o sorteio.

Estava difícil haver acordo porque quase todos queriam o par de botas, muitos queriam os óculos, vindo o canivete em terceiro lugar, e — por mais estranho — o retrato em seguida.

— Desse jeito não vai haver acerto nunca — disse o coordenador. — Todo mundo querendo as mesmas coisas não pode.

— Pois é. E muita gente que está querendo as botas, só quer porque as acha vistosas. Quer para olhar, não vai ter coragem de calçar — disse um rapaz magrinho meio corcunda.

— E você tem? — perguntou um cabra atarracado, barrigudo, bundudo, já bem calvo apesar de moço. — Bota como essas é pra gente elegante, que sabe pisar, como o Benjó sabia.

— Então você também está fora. Olhe aí, gente. Um de menos — disse o corcunda.

— Quem disse que eu estou de fora?

— Olhe pra você. Olhe pra frente e olhe para trás. Na frente o pipote, atrás o malote.

— E em cima peladote — emendou um dentuço que fingia lustrar os loros de uma sela.

Todos riram, mas os risos foram logo cortados pela advertência enérgica do coordenador.

— Ficaram loucos? Querem ir para a cruzeta?

Eles sufocaram os restos de riso e ficaram calados, como crianças assustadas.

— Também não estamos na igreja — disse o coordenador. — Basta que não façam alaúza.

— É melhor a gente parar com a discussão. Não há acordo mesmo — disse um rapaz que limpava as unhas com a ponta de um prego, sentado num fardo de forragem. — Cada um fica com o que tirar no sorteio.

— Olhe o finório — disse o careca pançudo. — Ele fala assim porque tem sorte. Aposto que vai ganhar as botas no sorteio.

— Se ganhar, é a sorte. Eu sou assim. Não esquento por nada. Acho que o que é do homem, lobo não come. Se vierem as botas, solto foguete. Se vier um prego igual a este, fico com dois.

— Ele tá certo — falou uma voz. — Quem almeja o que não tem direito, fica velho antes do tempo. O negócio é ir manso, pegando um dia o miolo, outro dia a casca, e dando graças. Quem muito esquenta, cedo se fumenta, dizia meu pai.

— Só o seu, não. Parece que todo pai tem a mania de dizer esses ditados — falou outro.

— Seja. Mas é assim que eu penso.

Nisso as cornetas tocaram silêncio em todas as torres do campongue, e todo mundo tratou de apagar os rolos e se deitar antes que viessem os merdecas vistoriar.

E a noite baixou sobre Vasabarros, noite não muito diferente dos dias a não ser pelo acréscimo da escuridão. Todos os rolos, velas, candeeiros, lamparinas tinham de ser apagados, ficando só umas poucas tochas em lugares estratégicos nos corredores e porões. Só nas cozinhas eram permitidos fogo e luz para o caso de algum senesca ou coringa precisar de uma refeição fora de hora.

A vida em Vasabarros tinha mudado muito desde a assunção do atual Simpatia. Antes ainda havia um pouco de claridade, havia relativa alegria nas pessoas, e um certo entusiasmo pelo que elas faziam, apesar da preocupação doentia com os regulamentos, esse um mal de todos os tempos. Mas com o novo Simpatia o arrocho aumentou, as pessoas foram perdendo os restos de alegria, de cordialidade, de confiança em si mesmas; instalou-se um regime de meticulosa vigilância, o povo se fechou em seus cubículos amedrontado, desconfiado, desinteressado, quem tinha um pensamento guardava bem guardado. Todo mundo vivia para dentro, pagava o que era exigido em trabalho e não se abria com ninguém, o amigo mais íntimo de ontem podia agora ser um mijoca, elemento mais perigoso do que o merdeca porque andava à paisana. Que diferença do tempo em que viajantes famosos de outras terras se entusiasmaram com o clima humano de Vasabarros e profetizaram um futuro luminoso para ele. Vasabarros agora era uma lembrança dolente e uma realidade acabrunhante.

A atmosfera estava carregada no gabinete do Simpatia. Ele dava murros na mesa, jogava coisas no chão, gritava, só faltava lançar fogo pelas narinas. O Cerimônia assistia a tudo encolhido e calado, esperando que o chefe soltasse o máximo do vapor acumulado para então iniciar o seu papel. Com o volume da lei debaixo do braço, muito composto em sua roupinha lustrosa de alpaca, o Cerimônia corria os olhos pelo ambiente, não por curiosidade, mas para encher o tempo; ele já sabia de cor tudo o que havia ali.

Quando o Simpatia finalmente deixou-se cair na ampla cadeira de despachos, cruzou os braços e ficou olhando à frente, como dizendo que já havia terminado o seu papel, o Cerimônia se aproximou e esperou que o Simpatia falasse, como mandava o Protocolo.

Esperou em vão: o Simpatia não falava. Em que pensava, se pensava? Podia estar pensando em qualquer coisa secundária, como a doença do cavalo preferido, que aparecera mancando sem que se atinasse com a causa, ou no gatilho da espingarda tcheca que ninguém estava sabendo consertar, ou como responder ao último desaforo da Simpateca, ainda atravessado na garganta.

De repente, um morcego vindo não se sabe de onde passou em voo rasante diante da cara do Simpatia, que se assustou e recuou a cabeça, quase caindo para trás com cadeira e tudo, teria caído se não agarrasse instintivamente uma gaveta da mesa.

— Epa! Que bicho é esse? Tirem isso daqui! — gritou ele.

— É só um morceguinho — disse o Cerimônia inadvertidamente, pensando que, minimizando o tamanho, acalmaria mais depressa o chefe.

— Morceguinho? Morceguinho? E eu sou homem de me assustar com morceguinho? Você deve estar sofrendo da vista. Aquilo foi uma coruja, ou um corujão. Chame os caçadores.

O morcego reapareceu em voo molengo e foi se pendurar numa trave do teto, bem à vista dos dois, e ficou lá de cabeça para baixo, como um retalho de pano preto. O Cerimônia não disse nada, não teve coragem. Quem falou foi o Simpatia.

— Ah, este sim, é um morcego. Deve estar fugindo da coruja. Coruja caça morcego, sabia?

— Sabia sim senhor.

— Sabia nada. Ficou sabendo agora. Foi ou não foi?

— Foi sim senhor.

— Está vendo? Por que vocês mentem para mim? Verdade é a coisa mais difícil de se ouvir aqui. Todo mundo mente. É ou não é?

— É sim senhor.

— Está vendo de novo? Aposto que você acha que não mente. Mas vive concordando comigo. Por quê? Por quê?

O Cerimônia pigarreou sem jeito, e como precisava dar uma resposta, arriscou:

— Não estou aqui para discordar, senhor.

O Simpatia encarou-o por um momento, e se houvesse iluminação suficiente no gabinete teria notado que o rosto do Cerimônia estava vermelho, em vez do habitual pálido de cera.

— Resposta esperta. É só o que se vê aqui. Mentira e esperteza. Mas vamos parar com esta conversa, senão você acaba se enrolando em mais mentiras e eu perco a paciência. Do que é que íamos tratar?

— Da quebra do Protocolo, senhor.

— Ah, é. Viu que vexame? O que é que diz a sua jurisprudência?

— No caso específico, é omissa. Ninguém antes chorou numa solenidade por causa da perda de um cachorrinho. Mas há alguns artigos em que o caso pode ser encaixado por extensão. Já marquei aqui. Artigo vinte e sete: perturbação causada por aparecimento repentino de elemento estranho.

— Não serve. Aí fala em aparecimento, quando o caso foi de desaparecimento.

— Artigo trinta e um: perturbação causada por acidente com participante, como tombo, desmaio, ferimento por desprendimento de caliça, tábuas, ripas.

— Também não serve. Não caiu nada em cima dela. E ela não desmaiou. Adiante.

— Artigo trinta e dois: perturbação causada por indisciplina, rebeldia, desacato ou resistência aberta ou velada.

— Hum. Não houve indisciplina, não houve rebeldia. Apenas ela chorava o tempo todo, não conseguia se controlar. Adiante.

— Não tem mais. Só o artigo final das disposições gerais, que remete os casos omissos ao critério da autoridade suprema.

— Isso é que é chato. Ainda mais agora, com a mãe dela azeda como anda. É muito chato. O que é que você sugere? Uma coisa bem branda, senão a mãe vira outro problema.

Diante disso, o Cerimônia ficou aliviado, e soltou o que já trazia em mente:

— Se o caso é esse, a solução melhor seria deixar o assunto em suspenso...

— Pôr uma pedra em cima, você diz.

— Não senhor. Não é pôr pedra em cima. É deixar em suspenso, digamos, em estudo. Assim não se criam novos problemas e também não se afronta o regulamento.

— Há precedente?

— Muitos. Existem casos em estudo desde os tempos de Costadura, o Comedor de Jaca.

— Detesto jaca. Não sei como pode alguém comer aquilo. Você come?

— Não aprecio. O estômago não aceita. Fico arrotando o dia inteiro.

— Então costuma comer.

— Comi quando criança. Depois, nunca mais.

— Faz muito bem. É muito pesado.

— O senhor falou bem. É indigesto.

— Indigesto, pesado, é a mesma coisa. Então faz constar aí que o assunto ficou em estudo. Mas convém não sair já. Vão dizer que resolvemos muito depressa. O problema é arranjar alguma coisa para preencher o tempo. Dê uma ideia.

— Jogar palitos?

— Palitos? Que jogo é esse?

O Cerimônia explicou, o Simpatia reconheceu logo.

— Ah, o velho jogo de porrinha.

— É. Parece que tem esse nome também.

— Serve. Arranje os palitos.

Alguma coisa saiu muito errada no embarricamento do cavalariço. Tudo fora feito rigorosamente dentro das normas até a colocação da barrica no poço do fim do porão, onde o corredor se alargava numa espécie de cripta. Em seguida, o salanfrário, cujo papel era acompanhar a barrica durante todo o trajeto até o poço, batendo nela a intervalos com uma verga de ferro para tontear o embarricado, instalou a araponga mecânica em cima da barrica e esperou que os roladores e demais pessoas se afastassem. Ligada a araponga, o salanfrário tapou os ouvidos e saiu de perto depressa. Barrica e araponga ficaram lá no poço, a araponga em cima da barrica disparando suas marteladas metálicas a intervalos variáveis.

No dia seguinte pelo meio da manhã, com tampões nos ouvidos, o salanfrário desligaria e retiraria a araponga e a barrica seria içada e rolada para um pátio, aí seria posta numa carroça e levada para o brejo além das muralhas, onde eram jogados os refugos do campongue. Com boa ou má disposição, na maioria dos casos com indiferença, cada oficiante teria cumprido o seu dever e se recolhido, deixando que a araponga fizesse o resto. Quem pudesse dormir dormisse, quem não pudesse se aviesse. Quem era condenado à barrica nunca mais via a luz do dia. Entrava, não saía mais.

Neste caso do Benjó, aconteceu que durante a noite, ou já de madrugada, nunca se soube quando, gente desconhecida entrou na cripta, desceu ao poço, que era um simples cavado raso revestido de pedra no fundo e nas paredes, retirou a araponga, abriu a barrica, soltou o cavalariço e pôs no lugar um boneco de trapos com as feições do Simpatia.

É claro que muitas cabeças rolaram em consequência da fraude, mas os verdadeiros culpados não foram identificados, e o cavalariço simplesmente evaporou, pelo menos para os que o procuraram meticulosamente por todo o campongue e pelas matas e serras da vizinhança. Todas as noites havia reunião no Quartel-General do senesca Gregóvio, o chefe da segurança, para que os coringas, os merdecas, os mijocas e os farejadores voluntários prestassem contas do resultado de suas batidas e investigações; e na manhã seguinte se reuniam de novo para planejar as diligências do dia.

Mas os dias se passavam e as diligências não progrediam. O homem parecia ter virado fumaça, ou então ter sido comido por onça em algum fundo de grota, versão essa muito defendida pelos merdecas já cansados, porque a eles tocava a parte mais difícil, que era a das buscas fora do campongue. Alguns merdecas chegavam a apresentar peças de roupas esfrangalhadas e sujas de sangue como sendo do cavalariço. O senesca Gregóvio oferecia toda espécie de recompensa a quem levasse o fugitivo vivo ou morto — promoção, regalias, facilidades, mas também castigava duramente os que apresentavam pistas falsas. Era a primeira vez na história de Vasabarros que alguém escapava da barrica, e as autoridades não sabiam como encerrar o caso.

Vibrando com o impasse, a Simpateca inventou uma ária, ou paródia de ária, satirizando o assunto, o que levou o Simpatia a cortar qualquer comunicação com ela. Para Mognólia e Andreu, isso foi um mal que vinha para bem: eles não estavam mais aguentando as discussões dos pais, principalmente Mognólia, ainda desconsolada com o desaparecimento do Ringo. Ela passava longo tempo alisando os paninhos da cama dele, a escovinha de lustrá-lo, a mantazinha de lã que ela afivelava nele nos dias frios, e ele ficava parecendo um cavalinho-anão pronto para ser selado e montado. E Andreu, mesmo não tendo sido admirador do cachorrinho, entendia o abatimento da irmã e se esforçava por distraí-la; mas Mognólia só queria pensar no Ringo, parecia achar que qualquer distração que aceitasse seria uma traição a ele.

Um dia a gruma de Mognólia veio com uma conversa muito estranha. Enquanto arrumava o quarto, a gruma disse que ouvira alguém dizer que havia um menino se gabando de ter achado um cachorrinho pequenininho e muito simpático, e não sabia o que fazer com ele.

— É o Ringo! — gritou Mognólia. — É o meu Ringo! Só pode ser. Quem é esse menino? Traz ele aqui. Largue isso e vá buscar o menino. Depressa!

— Calma, dona Mogui. Eu não sei quem é o menino. Só ouvi dizer.

— Então vá buscar quem disse.

— Ele também não sabe. Eu perguntei.

— Mas sabe quem contou a ele.

— Eh, dona Mogui. Pra que que eu fui falar. Pode ser conversa. Falam muita coisa por aí. Se a gente for acreditar em tudo... — E baixando a voz: — Falam até que o Benjó anda por aí de noite.

— Benjó? O que é isso?

— Não sabe, dona Mogui? O moço que fugiu da barrica.

Se a gruma pensou que ia assustar Mognólia, perdeu tempo. Mognólia só queria saber do menino que tinha achado um cachorrinho que só podia ser o Ringo, tinha que ser.

— Esse menino precisa ser encontrado. Deixe essa arrumação e vá chamar o sr. Zinibaldo. Depressa.

A gruma soltou um suspiro discreto e obedeceu. Sozinha no quarto, Mognólia pegou a mantazinha do Ringo, abraçou-a e saiu dançando uma valsa tocada por instrumentos que só ela ouvia, pendendo a cabeça ora para um lado, ora para o outro, ao compasso da música imaginada, os negros cabelos voando soltos, o vestido comprido e amplo se espalhando em campânula a cada volteio da dança. Quem a visse naquela expansão pensaria que ela estava abraçando o cachorrinho já recuperado.

Foi o que pensou a Simpateca ao entrar sem fazer ruído, contrariamente ao seu costume de abrir a porta de supetão e entrar cantando.

— Ih, acabou o meu sossego — ela disse.

Mognólia virou-se para a mãe, afagando a mantazinha como se fosse o Ringo.

— Então o bostinha apareceu — continuou a Simpateca.

— Ainda não, mas vai aparecer. E não é bostinha, é o Ringo, o meu Ringo. E se a senhora veio aqui pra ofender o meu Ringo, é melhor ficar lá com os seus... com as suas...

— Já sei. Com os meus caramujinhos e com as minhas árias. Caramujos não tenho mais. Ele escondeu.

— O pai?

— Quem mais podia ser? Mas ele vai ver comigo. — E baixando a voz: — Vou esconder os soldadinhos de barro dele. Já fiz meu plano. Só vou devolver quando meus caramujos aparecerem. Elas por elas.

— Veja lá o que faz, mãe. Ele vai ficar furioso.

— É pra ficar mesmo.

— A senhora não tem medo?

— Tenho não. Já tive. E não adiantou nada.

— Mãe, mãe. Não brinque com fogo.

— Hoje em dia estou por tudo. Chega de medo. Você viu seu irmão? Sabe que faz dias que não vejo ele?

— Não sabia, mas não estranho.

A mãe ficou pensativa, depois disse, humilde:

— É. Não tenho ligado pra ele. Nem pra você. Não tenho sido boa mãe. Mas vou mudar. E vou começar agora. — Chegou-se para a filha, pegou-a pelas duas mãos e perguntou: — Você ainda gosta de mim, Mogui?

— Como não ia gostar? A senhora é minha mãe.

— Então gosta por obrigação, por praxe.

Mognólia não disse mais nada, a mãe soltou-a. Ficaram caladas por algum tempo, constrangidas. A mãe segurou-a de novo e pediu:

— Mogui... Filha... Posso abraçar você? Como a gente se abraçava quando você era pequena? Se lembra?

— Claro, mãe.

— Então largue esse troço fedido.

Mogui jogou a mantinha em cima da penteadeira e deixou que a mãe a abraçasse. De repente percebeu que a mãe queria mais do que isso, e abraçou-a também, forte, agora sem nenhum constrangimento. A mãe suspirava fundo, acariciava a filha nos ombros, nas costas, cheirava-a como animal que recupera o filhote perdido e quer se pagar do tempo que passou sem aquele cheiro. E acabaram as duas chorando.

Ficaram assim por muito tempo, se reconhecendo, até que a mãe afrouxou o abraço, olhou para a filha e disse:

— Duas bobas.

— Acho não.

— Não mesmo? Eu também não. Agora vamos sentar para conversar. — Sentaram no sofá de velhíssimo veludo, careca em muitos lugares. — Fale do cachorrinho. Teve alguma notícia? — pediu a mãe.

— Do bostinha? Tive. A gruma ouviu dizer que tem um menino aí que disse que tem um cachorrinho preto muito sem-vergonha. Só pode ser o Ringo.

— Que menino? É só mandar chamar ele.

Bateram na porta, entrou a gruma. Entrou e ficou parada, estranhando ver mãe e filha sentadas conversando sem brigar.

— Perdeu a fala? — perguntou a Simpateca.

— Deixe, mãe. Pode ser importante. Fale, gruma.

— Bati perna por aí tudo, não achei o senesca Zinibaldo.

— Hum... Não gosto desse homem — resmungou a Simpateca.

— É muito meu amigo. A senhora cale a boquinha e deixe a gruma falar. Então não achou seu Zinibaldo.

— Não senhora. Ninguém sabe dele. Deixei recado com dona Gerusa.

— Está vendo, mãe? Quando aparece uma pista, ninguém pra investigar. Meu Ringuinho. Onde será que ele está?

— Fique calma, filha. Se ele está aqui, vamos descobrir. Vá descansar que eu vou agir. Deixe comigo. — A Simpateca beijou a filha, levantou-se, e já da porta virou-se e pediu: — Quando o seu irmão aparecer aqui, diz a ele pra falar comigo.

Se os dias em Vasabarros eram cinzentos e pesados, pelo menos havia atividade para preencher as horas, cada um tinha a sua função e a desempenhava, nem que a função em muitos casos fosse apenas fazer gestos, executar movimentos, cumprir rituais, numa rotina que vinha de longe, desde os tempos de Costadura, o Comedor de Jaca, como se dizia lá quando se queria referir a costumes muito antigos, porque o Costadura fora o consolidador daquilo, e o que havia antes pertencia à proto-história do lugar. O pessoal de Vasabarros falava no Costadura como os húngaros falam no rei Estevão, os poloneses em Venceslau, os portugueses em Afonso Henriques. Antes do Costadura, como antes desses outros, o que havia era a nebulosa primordial, que eles afeiçoaram.

Os dias em Vasabarros se aguentava, mas as noites! Bastava o sol sumir atrás da serra dos Bois Brigando, para a escuridão baixar pesada, sufocante, e as pessoas andarem esbarrando nela como quem esbarra em fardos de alguma matéria maléfica. Era a hora de certos agentes aparentemente inofensivos na claridade, que aliás não era forte atrás daquelas muralhas, paredões, contrafortes, quartinhos sem janelas, porões de paredes sempre úmidas, se soltarem e começarem a armar seus dispositivos, tramar suas teias, espalhar seu fel. Quem tinha juízo, ou a alma limpa, se recolhia a seus aposentos, seus cubículos, seus quartos de porão, e se fazia de morto até o sol voltar.

Mas o escuro tem também o seu lado benfazejo, e certas pessoas estavam utilizando esse lado para sobreviver. O risco que corre a minhoca corre a enxada, diz o povo. Dois vultos na sombra podiam ser amigos ou inimigos, e como saber? Os que estavam do lado forte não esperavam ser desafiados, e quando encontravam um vulto no escuro contavam estar vendo um amigo, outro vigilante da ordem. Nesse esquema perigoso se movimentavam os que não podiam sair durante o dia.

Um vulto que costumava se esgueirar nas sombras dos porões era o Benjó. Desde que fora retirado da barrica, bastante zonzo por efeito das pancadas da araponga, ele fora levado por desconhecidos para um cubículo perto da cripta, onde na ocasião não vivia ninguém. Ficou aí alguns dias, tratado e alimentado por seus salvadores, sem saber o que estava acontecendo; para ele, tudo havia terminado no momento em que martelaram o tampão da barrica com ele dentro. Adeus, botas de couro vermelho, adeus boné xadrez, adeus anel de caveira, adeus retrato de Mariazinha. Quem ia ficar com esses bens? As botas iam ter muitos pretendentes. O anel também. E o retrato? Na certa iam rasgar, ninguém ali conhecia a moça, nem ele, que achara o retrato há muito tempo, e o guardara para olhar de vez em quando. E ele nem tencionara queimar o garoto, queria só dar um susto nele para descarregar a raiva. O mal foi aquele barba de bode ter avançado em defesa do garoto, e ele Benjó ter levado a brincadeira um pouco mais longe só pra chatear o intrometido. Está aí no que acabam certas brincadeiras bobas. Agora ele na barrica e o barbicha lá em cima, com certeza elogiado como herói.

Todo pensamento de Benjó cessou com a primeira trinfada da araponga. Aquelas pancadas metálicas repetidas não deixavam o cérebro pensar, e com os braços amarrados aos joelhos ele não podia tapar os ouvidos, se é que isso adiantasse, a vibração daquelas pancadas era capaz de atravessar até parede grossa de pedra, quanto mais uma simples mão.

Depois dos primeiros cinco ou dez minutos, era como se ele não tivesse mais cabeça, o que havia no lugar dela era uma bola grande e oca que parecia crescer a cada pancada, ele quase a sentia tocando já as paredes da barrica. Depois descobriu que se ficasse completamente largado, como morto, sem fazer força contra as cordas que amarravam as mãos, sem enrijar o corpo para esperar cada pancada, e se abrisse a boca, podia suportar melhor a situação, apesar do inconveniente de sentir os dentes trepidarem como se estivessem para cair.

Quando a araponga parou de martelar ele nem percebeu, estava como que drogado; e quando percebeu, sentiu um alívio tão grande que pensou em dormir. Mas o barulho que faziam lá em cima arrancando a tampa da barrica o despertou o suficiente para sentir medo. Então a noite já havia passado e já estava na hora? Mas por que abriam a barrica? Pelo que ele sabia, uma vez fechada a barrica, era para sempre.

Finalmente a tampa foi afastada e uma luz fraca de rolo o apanhou no rosto. Ele escondeu a cara no peito porque mesmo aquela luz era forte para quem havia passado mais de doze horas em escuridão total. Vozes cochichavam em volta da barrica, mas ele não se interessou por entender o que diziam, não podia ser nada de bom, e no momento era mais importante proteger os olhos contra a luz. Uma mão tocou-o no ombro, uma voz perguntou:

— Pode sair sozinho?

— Não pode. Está amarrado — informou outra voz.

Uma faca apareceu e cortou as cordas, e ele nem notou que já tinha as mãos livres, e continuou na mesma posição.

— É melhor a gente ajudar. Não podemos perder tempo — falou uma voz.

Dois braços fortes mergulharam de dois lados da barrica e o levantaram com alguma dificuldade. Nessa operação, os pés dele viraram a barrica, que tombou fazendo um barulho cavo, que repercutiu na cripta e no porão.

— Apague o rolo — disse uma voz, no mesmo instante em que alguém igualmente atento já apagava a chama com um sopro.

A escuridão voltou à cripta, e o grupo ficou ali paralisado, cada um ouvindo as pancadas fortes do próprio coração. Ninguém saiu do lugar, só os ouvidos trabalhavam procurando qualquer ruído que viesse da noite total; ninguém falou, os dois homens que seguravam o Benjó não o soltaram. Mas ele, muito atordoado ainda, não percebeu que aqueles homens estavam paralisados pelo medo; nem podia deduzir, que se eles tinham medo, nenhum mal viria deles.

Depois de algum tempo de tensa espera, os desconhecidos se convenceram de que o barulho da barrica não fora ouvido por quem não devia ouvi-lo, e retomaram a execução do plano. Quando soltaram o Benjó, descobriram que ele tinha esquecido os movimentos de andar, ficava parado olhando para as pernas, os homens instigando em voz baixa, como se faz com criança que está começando a aprender, e ele parecendo não entender, o máximo que fez foi tentar levantar um pé devagarinho, e logo desistiu.

— Estamos perdendo tempo. Vamos carregar — disse uma voz. — Alguém aí acenda o rolo.

As sombras dos homens voltaram a flutuar nas paredes, sombras engordadas e esticadas pela pequena distância entre os corpos e os focos de luz e a longa distância entre os corpos e as paredes. Um homem forte se ofereceu, abaixou-se de costas para o Benjó, pediu que o dobrassem para a frente e ergueu-se com ele nas costas. Logo o grupo se fundiu com as tortuosidades do porão, deixando a araponga ligada para o silêncio não chamar a atenção dos merdecas de ronda.

Benjó ficou uns dias em recuperação, escamoteado constantemente de um lugar para outro. Nos primeiros dias ele era um corpo inerte, não reagia nem colaborava, o que aumentava os perigos de ser o grupo apanhado. Na hora da comida, o trabalho com ele ficava ainda mais difícil, tudo o que lhe davam tinha que ser esmagado ou amassado até virar papa, que os homens enfiavam na boca dele e empurravam para dentro com os dedos, de vez em quando massageando a garganta para ajudar a papa a descer; o Benjó parecia ter esquecido os movimentos musculares de mastigar e engolir. Água ele pedia com gestos, e os homens aproveitavam para lhe enfiar antes um pouco mais de comida.

Aquela apatia já estava preocupando os salvadores. Valeria a pena tanto trabalho, e mais os riscos, para no fim ficarem apenas com um boneco nas mãos, uma coisa sem vontade nem iniciativa? Sendo aquela a primeira vez que alguém escapava da barrica com araponga, eles não estavam sabendo como reanimá-lo.

Um dia um dos homens que o tratavam falou:

— Já estamos nisso vai para duas semanas, e só o que temos conseguido é mantê-lo vivo. Vivo mas inválido. E em que é que um inválido pode servir ao nosso plano?

— E o que é que o companheiro propõe? — perguntou outro.

— Bem… Não temos precedente para nos guiar. Nem sabemos se um embarricado pode voltar a ter alguma serventia.

— Foi a araponga que embolou ele. Um moço tão alegre e tão cheio de vida. Capaz de ficar leso para sempre.

— É uma possibilidade. Mas vamos deixar o companheiro Orontes falar. Parece que ele tem uma proposta. Orontes.

— É o seguinte. Como já estamos nisso há doze dias e sem conseguir nada que nos anime, então eu tive uma ideia. Vamos parar de dar comida e água a ele para ver como ele reage. E vamos também forçar ele a ficar em pé assim uns dez minutos de cada vez.

Houve murmúrios de desaprovação. Orontes esperou que eles cessassem, e continuou:

— Venho observando esse Benjó, e tirei algumas conclusões. Acho que ele está aceitando com muita facilidade o papel de inválido. Ele se acovardou, o que é natural; mas está se entregando, e nós precisamos dele. Tratá-lo a pão de ló, como estamos tratando, e com tapinhas nas costas, e com cafunés no cabelo, aliás precisamos cortar o cabelo dele, não vai adiantar nada. Temos que mudar, se não quisermos ficar aqui paparicando ele o resto da vida. O que é que os companheiros acham?

Dessa vez não houve protestos nem resmungos. Todos ficaram em silêncio, as testas franzidas, pensando. Quando Orontes os cutucou de novo, uma voz perguntou:

— E se não der resultado? Quero dizer, isso de não dar comida nem água na boca, e obrigar a ficar em pé?

— Se não der resultado, ficamos como estamos. Papinhas

na boca, tapinhas nas costas. Se for para isso, melhor nos livrarmos dele.

— Como?

Soltando por aí de madrugada, com votos de boa sorte. Dessa vez os protestos vieram mais fortes: isso não! Maldade! Coitado dele, volta pra barrica! Finalmente, uma voz ponderada falou:

— Não estamos aqui pra fazer caridade. Temos o nosso plano, que não é egoísta. É um plano humanitário, mas para todos, não é para um só, por mais merecedor. Apoio o companheiro Orontes. Estamos correndo riscos, e para quê? Até agora para salvar um homem apenas. Aprovo a estratégia proposta. Esse é o meu voto.

Naquele mesmo dia, a estratégia Orontes começou a ser aplicada. Levantaram o Benjó e o deixaram a alguns passos do catre, à distância que a exiguidade do cubículo permitia. A equipe de plantão, que incluía Orontes, ficou em um canto jogando cartas, fingindo que não percebia os gestos de Benjó. Os gestos se tornaram insistentes, e um dos guardiões disse:

— Está pedindo água, coitado.

— Ele sabe onde está a água — disse Orontes sem desviar os olhos das cartas.

— E se ele não for apanhar?

— Nenhum animal sofre sede com água perto, a menos que não possa andar. O importante agora é ninguém olhar para ele, não mostrar interesse nele. Vamos fazer de conta que ele não está aí. Jogue, Juruá.

O jogo prosseguiu, os vigilantes vigiados por Orontes. Se um dos parceiros iniciava um comentário sobre o Benjó, Orontes o abafava dizendo alguma coisa pertinente ao jogo.

Muito tempo depois Benjó começou a fazer ruídos guturais; mas o Orontes, com sua voz forte, novamente impediu qualquer comentário. Benjó desistiu de grunhir, e passado mais um tempo soltou um flato que de tão forte assustou os jogadores.

— Eh, olhem aí. Vai borrar nas calças — disse um.

— Pior pra ele. Dorme lambuzado — disse Orontes. — Mamede, é você quem dá carta.

Ninguém prestava atenção ao jogo, mas todos fingiam prestar; estavam atentos aos passos seguintes do Benjó. Depois de alguns momentos de suspense, viram o Benjó se movimentar com passos duros e lentos de robô no rumo da privada, que ficava em um canto do cubículo, a porta uma simples cortina.

— Ninguém vai dizer nada — estipulou Orontes. — Estão vendo? Ele estava era querendo babá.

O jogo não andou, todos ficaram com as cartas nas mãos esperando o Benjó reaparecer. Ouviram gorgolejos, borborigmos, sopros vindos de lá, sinal de que não estava havendo nenhum problema.

— É. Seu Orontes sabe das coisas — disse um.

Finalmente a cortina se abriu e o Benjó apareceu se arrumando. Seguindo instruções de Orontes, ninguém falou nada. Depois de alguma hesitação, o Benjó caminhou até a moringa, despejou água na caneca, bebeu. Quando ele ia voltando para o catre, agora caprichando no passo duro de robô, que havia esquecido ao sair da privada, Orontes falou, sem olhar para ele:

— Quer jogar, Benjó?

— Quero comer.

Aí ninguém se conteve. Todos caíram em gargalhadas. Orontes deixou que rissem à vontade; e quando a tensão por tanto tempo reprimida se esgotou, Orontes disse:

— Benjó, você está a perigo. Fique quietinho, não ponha a cara fora deste cubículo. Estão procurando você por toda parte. Aqui você está seguro por enquanto. Se lhe apanham, você volta pra barrica. Fique quieto aí, de porta fechada. Só abra quando ouvir quatro pancadas e um miado imitando gato. Sua comida já vem.

Quando chegou em casa e recebeu o recado, o senesca Zinibaldo só teve tempo de fazer um lanche rápido e mudar a camisa suada, e saiu para atender Mognólia. Andreu estava lá, empolgado com a informação passada pela gruma e ansioso pela chegada de Zinibaldo, que ele achava que teria meios e experiência para identificar logo o tal garoto.

Zinibaldo bateu de leve na porta. Mognólia nem esperou a gruma, ela mesma foi depressa abrir.

— Desculpe a demora — disse o senesca. — Tive problemas. Acham que o Benjó, vocês sabem, aquele rapaz que fugiu da barrica, acham que ele anda por aí, e que nós senescas temos que dar conta dele. Pensam que estamos escondendo ele nos bolsos. — Ao ver Andreu, procurou reparar: — Quero dizer, a gente tem que achá-lo. Mas aonde? Tudo já foi revirado.

— E se acharem, o que é que vão fazer com ele? — perguntou Andreu.

— Enfiar de novo na barrica, eu acho.

— Tomara que não achem — disse Andreu.

46

Isso desconcertou o senesca, que ficou olhando alternadamente para Andreu, para Mognólia, sem saber o que dizer. Até que Mognólia o socorreu.

— Coitado — disse ela. — Tomara que esteja longe.

Zinibaldo não se abriu, ainda não tinha confiança nos dois irmãos. Ainda em pé, perguntou:

— Alguma novidade?

Mognólia passou-lhe a informação da gruma. Ele refletiu e falou:

— Já é alguma coisa. Mas não se anime muito. Sabe quantos garotos temos aqui? Contando todos os departamentos, uns quatrocentos a quinhentos. Vamos levar tempo para investigar todos. E tem uma dificuldade. Eles sabem que não podem ter animais no campongue. Se algum dos meninos estiver guardando o Ringo, vai negar. Então o que temos de fazer é vigiá-los, não interrogá-los. E sabem o que é vigiar quatrocentos garotos? Garotos sabidos, habituados a dissimular, a enganar?

Mognólia e Andreu ficaram pensativos. E vendo que o senesca continuava em pé, Andreu convidou-o a sentar-se. O senesca sentou-se, mas o silêncio continuou.

— Por que tem que ser assim, seu Zinibaldo? — perguntou Mognólia de repente.

— Assim como?

— Esses meninos, gente igual a mim e Andreu, viverem vigiados, castigados por qualquer brincadeira que fazem, não poderem ter um cachorrinho, um gato, um passarinho para distraí-los. Só trabalho e obediência o tempo todo. Acha direito, seu Zinibaldo?

— É a lei — disse o senesca evasivamente.

— O senhor não acha que essa lei devia cair? — perguntou Mognólia.

— Cair? Lei não cai. Está aí para ser aplicada.

— Está vendo, Mogui? Está tudo errado, mas não pode ser discutido. É a lei. A nossa lei — disse Andreu.

— Não entendo de leis. Quero o Ringo.

— Você não entende de leis, mas quer o Ringo. Não vê que é a nossa lei que está dificultando a volta dele? Se um dos garotos daqui encontrou o Ringo e levou, e agora não sabe o que fazer para se livrar dele sem castigo, de quem é a culpa?

— É uma lei muito ruim. Não devia existir — disse Mognólia.

— Meninos, vamos com calma. A lei é a lei. Não pode ser discutida. Proponho que mudemos de assunto, porque com este não vamos lucrar nada. Lei é lei, e acabou-se — disse o senesca.

— O que é que o senhor acha que podemos fazer? — perguntou Mognólia. — Tem aí um menino que está com o Ringo. Como é que vamos achar esse menino?

— Eu vou cuidar disso — disse o senesca, e se retirou.

No cubículo acanhado, o menino não sabia mais o que fazer para continuar guardando o cachorrinho. Toda vez que chegava para dormir, encontrava o lugar mijado, cocô por toda parte, e o cachorrinho sempre com fome. A comida que o menino conseguia esconder nos bolsos, poupada de sua magra ração ou furtada com grande risco na despensa, era engolida com sofreguidão por aquele bostinha de cachorro, que depois ficava olhando, esperando mais.

— Olhe aqui, bestolino — disse o menino um dia. — Por que você tinha que me acompanhar aquele dia? Por que não escolheu outro? Agora estamos aqui nesta situação: pouca comida, sujeira por toda parte; qualquer dia a catinga atrai um merdeca e estamos perdidos, já pensou? Hein? Hein? — perguntou ele, encostando a mão fechada no focinho do cachorro e empurrando, fingindo dar socos.

O cachorro gostou, e lambeu a mão do menino com a linguinha morna e macia.

— Agora você fique aí quietinho enquanto eu limpo essa sujeira.

Quando o estrume era sólido não dava muito trabalho, bastava pegá-lo com um papel e jogar no vaso; quando era pastoso ou mole, era preciso limpar bem o lugar, depois passar a toalha que ele subtraiu da despensa para servir de esfregão, e mesmo assim ficava um cheiro incômodo no cubículo, cheiro que ele não conseguia disfarçar. Esse problema do cheiro durou até que o menino descobriu que se esfregasse folhas verdes nos lugares mais afetados, o cheiro abrandava.

Um dia ele achou que talvez já não houvesse motivo para tanta precaução nem tanto trabalho. Já fazia mais de mês que os dois estavam juntos. Ele errara em levar o cachorro para o cubículo, e errara uma segunda vez em não tê-lo soltado no porão no dia seguinte, quando o bichinho ainda devia estar sendo procurado com empenho pelo dono. Tendo deixado passar tanto tempo, ele se comprometera, e ficara difícil dar uma explicação aceitável caso fosse apanhado. E outro erro grande fora o de se apegar ao bichinho.

Mas agora que tudo parecia serenado, inclusive o problema com o cavalariço — nenhum dos companheiros do Benjó o procurara para tirar vingança, até se dizia que ele tinha escapado da barrica —, seria um desafogo se ele adotasse o hábito de levar o Morcego a passear pelo porão à noite. Sendo o porão aquela imundície que só os merdecas não viam porque estavam sempre farejando outras coisas, uns pistroncinhos minúsculos e umas pocinhas de mijo não iam chamar atenção.

— Sabe de uma coisa, Morcego? Você hoje vai dar um passeio. Ver a vida lá fora. Chega de prisão — disse o menino. — Mas tem uma coisa. Não vá latir nem correr desembestado.

O cachorro parece que entendeu, e ficou assanhadinho dentro do cubículo, dando carreirinhas curtas, parando e latindo para o menino.

— Nem correr nem latir, eu disse.

Corda nem nada parecido havia no cubículo, e o menino ficou indeciso se cumpria a promessa. Se rasgasse o esfregão em tiras, podia improvisar uma espécie de corda para amarrar o Morcego; mas aí ficaria sem o esfregão. Valeria a pena?

— Você também, hein, Morcego? Sair de casa sem trazer nada, nem a coleirinha e a trela. Seu passeio está difícil.

Sabendo que a conversa era com ele, o cachorro escarrapachou-se como um tapetinho, a barriguinha no chão, as pernas esticadas para trás, a cabeça encaixada entre as patinhas, e ficou olhando triste para o menino. Mas o menino não viu, estava deitado de costas no catre, pensando se ia haver passeio, se não seria arriscado. Finalmente se decidiu.

— Morcego, vamos passear. Mas muito comportado. Cuidado com os merdecas. Se aparecer algum, você não me conhece, tá?

Primeiro ele abriu só uma fresta da porta, escutou. Abriu um pouco mais para enfiar a cabeça, o cachorro quis sair. O menino pegou-o no colo e olhou o corredor.

— Vamos. Sem latir.

Encostou a porta e foi andando cauteloso pelo corredor do porão mal iluminado e recendendo a mofo. Passada a primeira curva, o cachorro começou a forcejar para descer do colo. Depois de se certificar que tudo estava calmo, o menino o soltou e ele saiu farejando o chão ligeirinho, voltando para farejar de novo certos lugares, até achar o que procurava; aí rapou, rapou, rodou umas voltas como pisão, encolheu o corpinho, patas e pés quase se tocando; deu uns arranquinhos no corpo e soltou um charutinho preto, depois mais outro, e mais outro; virou-se e cheirou-os, com certeza para ver se tinham saído a contento; rapou as patas no chão e afastou-se fagueiro.

O menino olhava aquilo encantado, pensando no trabalho que estava poupando e na melhoria que ia vigorar no cubículo.

Enquanto isso o cachorro voltava a farejar, agora rente à parede. De repente parou, ergueu uma perninha e sapecou uma mijada demorada. Quando baixou a perna, o menino quis pegá-lo no colo para agradecer a colaboração, ele se esquivou e saiu correndo. O menino chamou com um assovio discreto, ele correu mais, agora como um cavalinho a galope, e sumiu em outra curva.

O menino correu atrás, não queria perdê-lo agora, quando o problema da higiene parecia resolvido. Ao virar a curva, viu o cachorro lá adiante, no disco de luz de um rolo, farejando qualquer coisa no chão. O menino parou de correr e foi andando devagar para não espantá-lo. Quando estava perto, viu sombras se mexendo e sumindo atrás de umas escoras que tinham deixado há muito tempo naquela parte do porão, para reparos que nunca eram feitos. O menino se escondeu também como pôde e deixou o cachorro, que não poderia ser castigado por andar farejando à noite no porão.

E agora? Como sair do perigo? As sombras tinham sumido, mas era certo que havia gente escondida atrás das escoras, mais de uma pessoa. Seriam merdecas esperando que ele se mostrasse para o agarrarem? Que esperassem. Ele não ia aparecer, nem que tivesse de passar o resto da noite atrás daquele calombo da parede úmida. E o cachorro? Ainda estava à vista, brincando com qualquer coisa no chão, um rato morto, um morcego, um pombo a julgar pelo tamanho, se bem que pombo dificilmente entraria no porão. Ou seria um osso? Se fosse osso o cachorro já estaria roendo, e não apenas cheirando, dando tapinhas e pulando para trás, como com medo.

Depois de esperar muito, sem sair do lugar mas sempre atento, o menino viu três vultos saírem de trás das escoras, um depois de outro, a intervalos curtos, e desaparecerem na escuridão. Quem fossem, estavam tomando todas as precauções para não serem vistos. Então não eram merdecas?

O menino deu um prazo e saiu também. Mas enquanto esteve observando os vultos que fugiam, se esqueceu do cachorro, e o perdeu de vista. Mas o bandidinho não podia estar longe, era muito pequeno para cobrir longa distância em tão pouco tempo. Enquanto corria nas pontas dos pés para não fazer muito barulho, ele viu o cachorrinho passando no disco de luz de outro rolo, uns vinte metros à frente, e logo se sumir em outro trecho escuro. O menino correu atrás, virou outra curva, que dava nuns degraus subindo à direita e numa continuação do corredor à esquerda; virou bem em tempo de ver o cachorro vencendo o último degrau e sumindo lá em cima.

O menino parou para pensar. Subir os degraus podia ser perigoso. Ali começava uma parte mais vigiada do que o porão, lá em cima moravam coringas com suas famílias, havia depósitos de mantimentos e materiais diversos, e a iluminação era mais cuidada. Para que se arriscar por um cachorrinho mal-agradecido? Se o Morceguinho não queria mais a companhia dele, paciência; ele ia sentir falta, mas se acostumava de novo a viver sozinho. Adeus, Morceguinho. Seja feliz. E obrigado pela companhia.

Mas o cachorro estava lá no alto dos degraus, sentadinho como um bibelô, como esperando para continuarem a brincadeira de pique. O menino não pensou mais, e se atirou degraus acima. O cachorrinho mais uma vez disparou na frente, até encontrar outro lance de degraus à esquerda, com o perseguidor já quase o alcançando. Felizmente ninguém apareceu no corredor, nenhuma das muitas portas se abriu. O cachorrinho já subia os degraus com dificuldade, às vezes precisava dar dois impulsos, com um pouco mais o menino o apanhava.

Ao dar um bote para agarrar as perninhas frágeis, o menino escorregou e quase cai de bruços, bate com o punho na quina de um degrau, e o bicho escapa mais uma vez. Para não ser visto se alguém abrisse uma porta para investigar a causa do barulho, o menino subiu instintivamente os degraus restantes com a ideia de se esconder lá em cima.

Também nesse outro pavimento a iluminação era mais forte; e o corredor, de lajes regulares bem assentadas, era muito limpo, parecia varrido recentemente, ou mesmo lavado; nos pontos iluminados, as lajes chegavam a faiscar.

Vivendo entre a despensa, que ficava em outra parte do enorme conjunto, e o seu cubículo no porão, o menino não sabia que estava na ala mais importante do campongue, e por isso a mais vigiada. Por sorte dele a vigilância andava frouxa ultimamente, todo mundo esgotado das contínuas vigilâncias para pegar o Benjó, os merdecas e os coringas tresnoitados, desapontados e descrentes. Só por isso ele encontrou o corredor deserto.

E o cachorrinho ali, farejando de porta em porta, e o menino ainda com o punho doendo, latejando. Ao farejar uma porta à direita o cachorro ficou desesperadinho, começou a unhar a porta e ganir. O menino aproveitou para agarrá-lo, já estava com a mão direita debaixo da barriguinha dele, quando a porta se abriu.

Uma menina de treze, catorze anos, cabelos pretos compridos, vestido branco comprido e folgado, olhava para ele assustada. O espanto, recíproco, durou alguns segundos porque os latidos e esperneios do cachorro atraíram o olhar dela.

— Meu Ringuinho! — ela gritou, e arrebatou o cachorro da mão trêmula que o segurava.

O cachorro subiu ligeiro pela cintura, pelo peito, e foi se aninhar entre o pescoço e o ombro da menina, mas logo desistiu e passou a lambê-la no rosto, na orelha, o toquinho de rabo tremendo o tempo todo.

— Ai que saudade, Ringuinho! Onde você andou? Alguém maltratou você?

Percebendo que havia chegado o momento de renunciar ao cachorro, o menino aproveitou a distração da mocinha para sumir sem ser mais notado. Mas justo nesse momento ouviu ruído de gente se aproximando, vindo da direção dos degraus que ele havia subido. Ensaiou correr na direção contrária, hesitou: não sabia onde iria parar, nunca estivera naquela parte do campongue. Em pânico, empurrou a menina para dentro, entrou e fechou a porta.

Só então ela se lembrou que havia um estranho ali; e viu que ele estava apavorado. Ver gente apavorada não era novidade para ela, todo mundo em Vasabarros parecia ter escolhido essa maneira de viver, até os senescas, até o Simpatia e a Simpateca, que eram como rei e rainha. O pavor era companheiro permanente de todos ali. De todos? Andreu não parecia apavorado. E ela? Era às vezes. Agora, por exemplo. Aquela pessoa ali não seria o tal Bengó, Beijó, o criminoso que havia fugido da barrica e que estava sendo procurado havia tempos?

Ela o olhou bem, se afastando disfarçadamente. Seria possível? Aquela magreza, aquela miudeza de gente no uniforme mal assentado, a cara de fome, o olhar assustado, o pavor contaminando ele todo, até os movimentos contidos, ensaiados e logo recolhidos. Seria possível? De repente ela percebeu que apesar de atento à porta, ele estava com medo dela. Mognólia soltou o cachorrinho e perguntou:

— Você está com medo de quê?

— Eu? Estou com medo não.

— Por que está tremendo?

— Estou tremendo não.

— Fugiu de onde?

— Fugi não.

— Então por que se escondeu aqui?

Essa ele não respondeu, mas continuou atento à porta. Enquanto isso o Ringo, que interrompera o farejar de reconhecimento, foi dar um pouco de atenção aos pés do menino. Mognólia sempre ouvira dizer que cachorro sabe distinguir amigo de inimigo. Mesmo assim, resolveu aplicar um truque para esclarecer o aparecimento do Ringo coincidindo com a invasão de seus aposentos pelo menino apavorado.

— Olhe aqui, menino... Como é o seu nome?

Ele hesitou, mas respondeu certo:

— Genísio.

— Olhe, Genísio, aqui dentro você não precisa ter medo. Mas eu só posso deixar você ficar, se me disser do que é que está fugindo. Se não me disser, chamo a gruma e largo você de mão.

Ele ainda não estava convencido de haver encontrado apoio, as pessoas importantes de Vasabarros não mereciam confiança, e aquela menina devia ser filha de gente importante para morar naquele lugar e ter um cachorrinho. Melhor arranjar um jeito de fugir enquanto era tempo.

— Olhe, moça, me deixe ir embora. Seu cachorrinho está aí, não está? Está inteiro, não está? Me deixe ir embora.

— Ir embora pra onde? Se você está fugindo, vai ser apanhado. Este andar aqui é muito vigiado.

— Estou fugindo de nada não. Estou é evitando os merdecas.

— Então você fez alguma coisa.

— É por causa do cachorrinho.

— Era você quem estava com ele? Esse tempo todo?

Genísio confirmou com a cabeça, como quem confessa uma culpa que não tem coragem de revelar com palavras.

— Conte tudo como foi. Depois eu deixo você ir — disse Mognólia quase implorando. — Sente aí e conte.

Genísio hesitou, acabou se sentando tenso na beira do sofá, parecendo que com medo de sujá-lo com o uniforme imundo, ou de alguma forma ofendê-lo.

Apertado por Mognólia, ele contou como encontrara o cachorrinho perdido e o levara para o cubículo, e tudo o que se passara desde então, até chegar ao episódio daquela noite. A narrativa teve de ser interrompida várias vezes — quando Genísio falou em comida e Mognólia se levantou para providenciar um lanche para ele e o cachorro; quando a gruma quis entrar e Mognólia não respondeu às batidas; quando o senesca Zinibaldo bateu e ela o despachou dizendo que estava com dor de cabeça.

Enquanto Genísio falava, interrompido frequentemente pela menina, o cachorrinho trançava entre os dois, subindo ora para o colo de um, ora para o de outro, como querendo se dividir para não descontentar ninguém.

— Ele dormia na sua cama? — ela perguntou.

— Só dormia na minha cama, encostadinho em mim.

— Traidor — ela disse, fingindo que puxava uma orelha do Ringo.

De repente o cachorro, que estava no colo da menina, sentou-se, espetou as orelhas no rumo da porta e bufou duas, três vezes. O menino se alarmou, olhou para a porta, olhou para a menina, o pavor de novo com ele.

— Puxa, você está assustado mesmo, hein? Sossegue. Aqui você não corre perigo.

— Mas eu preciso ir embora. Preciso dormir. Como é que eu vou sair?

O cachorro bufou de novo, correu para a porta e ficou latindo, as perninhas traseiras flexionadas em posição de ataque. De fora vinham ruídos de passos apressados, rumor de vozes. A menina ralhou com o cachorro, ele se afastou da porta, mas logo voltou e recomeçou os latidos.

Daí a pouco batiam. O menino levantou-se de um pulo, ficou andando nervoso pela sala.

— Vá lá pra dentro e leve o Ringo. Eu vou despachá-los — disse a menina.

Ela encostou-se de lado na porta e perguntou alto:

— Quem é?

— Eu. Andreu.

Ela hesitou, perguntou: — Está sozinho?

— Agora estou.

Ela abriu a porta devagarinho, só o suficiente para o irmão entrar.

— Que barulho foi esse que ouvi há pouco aí fora? — ela perguntou.

— Uma patrulha.

— Grande?

— Um coringa e dois merdecas.

— Ah! Tenho uma grande notícia. — Virou o rosto para o lado dos quartos e gritou: — Genísio, pode vir!

Andreu ficou olhando a irmã sem entender; mas logo apareceu aquele menino magrinho, encolhido, acompanhado do Ringo.

O campongue entrou em rebuliço por volta da meia-noite, quando um merdeca deu aviso de movimentação estranha no porão. Os senescas foram alertados, a tropa convocada, e começou a grande caçada. Os faróis das torres foram acendidos, despacharam-se bandos de merdecas para postos improvisados nos caminhos, nas galerias de comunicação entre os edifícios, as cozinhas foram ativadas para servir lanches e café ao pessoal. Depois de alguma discussão, os senescas decidiram que não se devia incomodar o Simpatia, mas mandaram reforçar a vigilância no andar dos aposentos oficiais.

Precisamente nessa ocasião o Simpatia estava tendo uma conversa desagradável com a mulher, e já não sabia o que fazer para voltar ao jogo de paciência, interrompido quando ela entrara como uma ventania mais de uma hora antes. Sem interromper a ária que vinha cantando, ao ver o Simpatia envolvido com as cartas mudou a ária em censura sem tomar fôlego:

— Com efeito! Tamanho homem!

— Falando comigo? — ele perguntou, sem desviar os olhos do jogo.

— Não. Com o Borrabotas de Pisilone. Ah, se eles vissem você agora!

— Que eles?

— Eles todos, que pensam que você é o máximo. O Simpatia de Vasabarros! Francamente! Enfim...

— Veio aqui só pra me insultar, ou está querendo alguma coisa?

Ela inclinou-se sobre a mesa, apoiando as mãos gordas nas cartas, e disse explicando, olhando firme para ele:

— Vim falar sobre nossos filhos. Se é que você lembra que temos filhos.

— Ah. Aqueles — disse ele, descansando resignadamente o baralho na mesa. — Fale depressa e desinfete, que eu estou sem tempo.

— É. O tempo é pouco para o brinquedinho de nincompupo.

— De quê?

— Está vendo como você não sabe nada? De mentecapto. De retardado.

— Ah.

— Ah. Entendeu.

— Que é que têm os meninos?

— Há quanto tempo você não conversa com eles?

— Tenho nada que conversar. O que é que está faltando pra eles?

— Eles não estão passando fome, nem andando maltrapilhos por aí. Nem dormindo no relento.

— Então?

— Sabe que Mogui está sofrendo? Sabe que ela não come direito há quase um mês?

— Então está doente. É assunto para o dr. Bolda.

— Ai, meu Deus. Que arrependimento! Não. Ela não está doente. Não é assunto para o dr. Bolda.

— Pombas! Então não entendo.

— Ela está sofrendo porque o Ringo sumiu. Faz um mês que ele sumiu.

— Que Ringo? Algum namorado? Fez muito bem em sumir. Teve juízo. Se eu pego ela com namorado, ele vai pra barrica.

— Não é namorado. É o cachorrinho dela.

O Simpatia largou um murro na mesa, levantando e espalhando cartas.

— Ora, mulher! Vá ver se eu estou na esquina. Eu aqui ocupado, e você vem me falar em cachorrinho que sumiu. Sumiu, paciência. Ela que arranje outro.

— Ela não quer outro. Quer o Ringo.

— E o que é que eu posso fazer? Virar cachorro e sair por aí latindo e mijando nos portais?

— Seria melhor do que mijar nas calças. Falar nisso, você mudou as calças hoje? Estou sentindo um cheiro…

Com isso ele se amansou, baixou a cabeça, depois perguntou com voz mais branda:

— Está bem. O que é que eu posso fazer por nossa filha?

— Se mexer, homem. Dar ordem para uma busca em todo o campongue. E conversar com ela. Mostrar interesse, simpatia.

— Será que fica bem eu me preocupar com cachorro? Com tantos problemas…

— Que problemas?

— Esse Benjó, por exemplo.

— Deixe o Benjó. O cachorrinho de Mogui é mais importante. O Benjó é um pobre coitado.

— Como é que é? Coitado? Um condenado andando por aí de noite, desafiando a autoridade?

— Condenado porque você condenou. Antes não era.

— Um elemento perigoso. Fugiu da barrica. Isso é um acinte. Um insulto. Ah, se ponho a mão nele! Não me conformo em saber que ele anda por aí, tirando o sono de todo mundo.

— O meu sono ele não tira. E sabe de uma coisa? Estou torcendo por ele.

— Você não vai dar guarida a ele. Era só o que faltava. A Simpateca acoitando um criminoso. Um subversivo. Veja o que vai fazer.

Ela soltou uma risada estrondosa, emendou com um trecho de ária; deu um giro pelo estúdio, parou perto do Simpatia e disse:

— Você vai ordenar a busca pelo cachorrinho?

— Vou — disse o Simpatia a contragosto.

Ela riu de novo, e disse:

— Sabe que eu gosto de você às vezes? Se você não fedesse a urina, eu até que... Deixe pra lá — e saiu cantando.

Andreu olhou o garoto magrinho, encolhido, que se apresentou acompanhado do Ringo, e perguntou:

— Quem é esse?

— É o Genésio — Mognólia explicou.

— Genísio — corrigiu o garoto.

— Genísio. Desculpe. Este é Andreu, meu irmão.

Os dois garotos ficaram se olhando, se avaliando, até que Mognólia falou:

— Ele achou o Ringo, levou com ele, tratou dele esse tempo todo.

— E só trouxe hoje. Por que demorou tanto? — perguntou Andreu.

— Por acaso. O Ringo fugiu dele, ele veio atrás, chegaram aqui — explicou Mognólia.

— Quer dizer que não foi ele quem trouxe o Ringo. Foi o Ringo quem trouxe ele.

Genísio baixou os olhos, Mognólia explicou:

— Ele não sabia quem era o dono. Guardou o bichinho com ele, tratou bem dele.

O Ringo chegou a pequena distância de Andreu, estacou e latiu para ele.

— Está vendo? — disse Andreu. — Não mudou nada. E está esquisito, arrepiado. Perdeu o lustro. Parece um cachorro qualquer.

— Amanhã a gruma dá um banho nele, ele fica novo — disse Mognólia.

Houve um silêncio prolongado, Andreu olhava para Genísio, Genísio olhava para Andreu, Mognólia olhando para os dois. Finalmente Andreu disse:

— Bem. Agora ele pode ir. Eu quero falar com você, Mogui.

— Não pode — disse Mogui. — Ele está aqui escondido. Se for apanhado, vai se encrencar.

— Se encrencar por quê?

— Já é tarde, ele não pode estar andando por aí a essa hora. E o campongue está cheio de merdecas procurando o Benjó.

— Então o jeito é ele dormir aqui — disse Andreu. — Como é mesmo o seu nome?

— Genísio — disse Mognólia pelo garoto, que continuava muito apagado, inseguro, preocupado.

— Está vendo, Mogui, como são as coisas? Não podiam ser diferentes? Todo mundo feliz, vivendo sem medo?

Alguém tentou abrir a porta, que Mogui fechara por dentro depois que Andreu entrou. Os três na sala se entreolharam, se consultando. Genísio tremia, os lábios brancos, apavorado como um ratinho cercado longe da entrada do buraco salvador. Andreu foi até a porta, escutou, perguntou alto:

— Quem é?

— É a mãezinha. Abre logo.

Ele abriu a medo, a Simpateca invadiu a sala, um furacão de panos, tranças, e gordura nos braços, nos ombros, no peito, no pescoço, no queixo.

— Andreu! Há quanto tempo, meu filho!

— A bênção, mãe — disse Andreu meio constrangido.

— Deus te abençoe, ora — ela disse em tom provocador.

— Tenho pensado muito em você. E esse pavio aí? — ela perguntou apontando o Genísio.

Houve um silêncio curto, quebrado pela voz de Mognólia:

— É o Genísio. Ele trouxe o Ringo.

— Trouxe de onde? — perguntou a Simpateca.

— Trouxe. Achou, trouxe.

— Hum. Genísio de quê?

— Ora, mãe. Genísio. Ele trabalha na despensa.

Mognólia explicou tudo desde o início, até chegar ao ponto em que estavam: Genísio ali com sono, com medo de sair e ter algum problema com as patrulhas, os merdecas, a situação lá fora.

A Simpateca pensou, alisando os panos todos, as sedas, as rendas. Olhou o Genísio, tão desamparado, suspirou. Finalmente disse:

— Ele vai comigo. Pelo menos terei quem me escute cantar. Andreu, vem me ver amanhã cedo. Mogui, parabéns. Você está feliz?

— Muito, mãe.

— Até que enfim, alguém feliz neste mausoléu. Venha, Genísio.

Genísio ficou atarantado, sem saber se acompanhava aquela mulherona gorda e ainda enrolada num mundo de panos supérfluos, e que parecia não ter medo de nada; ou se optava pela relativa segurança da sala, com aqueles dois em quem ele ora confiava e ora ficava em dúvida. Mas Genísio não estava em condições de decidir.

— O pobrezinho. Como é inocente. Ele ainda não sabe com quem se envolveu — disse a Simpateca. — Venha, menino. Não tenha medo. Eu vou cuidar de você — e puxou Genísio para fora, resolvendo a hesitação dele.

Não era fácil entender o mapa de Vasabarros. Pessoas antigas ali, quando saíam de seus circuitos rotineiros muitas vezes se perdiam no labirinto de corredores, passadiços, galerias, vielas, ruelas, caminhamentos, pátios, salões, salinhas, criptas cheias de nichos, que maliciosamente devolviam o explorador aos mesmos lugares onde já havia passado, como se o arquiteto ou o construtor tivesse sido muito indeciso ou muito brincalhão. Isso para ficar apenas em um plano, porque se o explorador se aventurasse a subir ou descer uma das inúmeras escadas que o convidavam a cada passo — de pedra, de sólidas pranchas de madeira antiga —, aí, se não fosse bom em orientação, poderia não encontrar jamais o caminho de volta e se perder definitivamente num desespero de cubículos, calabouços, galerias subterrâneas, ou sótãos, câmaras de vários formatos, nichos, passarelas, sacadas dando para espaços completamente tomados de mato, os galhos se enroscando nos balaústres e parapeitos de pedra que poderiam ter tido alguma utilidade amena no passado mas que desde há muito tempo só serviam para abrigar lagartixas, cobras e insetos peçonhentos. Tudo aquilo devia ter sido construído ao deus-dará ao longo do tempo, sem um plano diretor, mais de acordo com as necessidades da época ou com o capricho de pessoas muito dadas a casuísmos.

Por esses lugares sombrios, úmidos, abafados, circulava uma estranha fauna humana, só vista ali. A obscuridade e o abafamento do ambiente facilitaram o aparecimento de uma gente soturna, assustada, desconfiada, farejante, de pele cor de estanho principalmente no rosto, por estar mais exposto à atmosfera cinzenta do lugar. Essa gente andava pelos corredores, passadiços, galerias em passo negaceante de gato atrás de rato, ou passo arisco de rato fugindo de gato, olhando para os lados, farejando, e por isso tinham o nariz mais desenvolvido que o comum das pessoas. A maioria carregava pastas ou manojos de papel debaixo do braço, e logo que um chegava à porta desejada sumia atrás dela, escorregando de banda, como se a atividade em que estava empenhado fosse alguma coisa vergonhosa, ou indigna. E ninguém saía por uma porta sem primeiro dar uma boa olhada no corredor. Parecia que paralelamente à função específica de cada um, havia uma função geral comum a todos — a de se espionarem mutuamente.

No espaço que ficava do outro lado de uma porta muito transitada no terceiro andar, na parte central do campongue, vivia o senesca Gregóvio com sua família, ultimamente reduzida apenas à mulher, desde que os dois filhos adolescentes haviam sumido de casa sem deixar traço. Gregóvio andava por seus quarenta e poucos anos; era baixo, atarracado, pescoço nenhum, a cabeça saindo diretamente do tronco, uma cabeça mais quadrada do que redonda, e completamente livre de pelos.

Gregóvio suava muito na cabeça, por isso tinha sempre um lenço na mão para enxugar o suor, mais um hábito do que um conforto, porque depois de usado umas poucas vezes o lenço, já ensopado, apenas espalhava o suor. Gregóvio usava uma espécie de farda, dólmã de manga curta abotoado até o queixo, e cinto que ele gostava de afivelar bem apertado, dividindo o tronco ao meio. O suor que escorria da cabeça empapava a gola do dólmã, que ficava sempre manchada e fedia a azedo. Gregóvio tinha voz mansa, inesperada para um homem do seu volume; e quando estava calado, aparentemente pensando, tinha o hábito de bater nos dentes com os dedos do lado da unha, produzindo sons cujo tom variava de acordo com a abertura que ele ia dando à boca.

A mulher de Gregóvio, a senesquina Odelzíria, se vista fora de seu ambiente seria tomada por uma gruma, ou — por muito favor — por uma mulher de coringa. Era magra, ossuda, de nariz comprido, e ainda por cima estrábica. Não ligava a roupas, e raramente se penteava. Agora que não tinha mais os filhos perto para ralhar, vivia resmungando contra o marido, mas só quando tinha certeza de que ele não poderia ouvir. Quando Gregóvio estava fora, ela costumava ficar de vigia atrás da porta entreaberta, aguardando a passagem de algum merdeca para prendê-lo numa conversa e captar as novidades do campongue. Esse hábito fazia de dona Odelzíria a mulher mais bem informada da ala central, senão de toda Vasabarros.

Num dia de grande movimentação no campongue, um daqueles vultos de andar negaceante e nariz farejador resvalou para dentro da toca do senesca Gregóvio. Quando parou para tomar fôlego, notou que a sala de entrada e o gabinete estavam cheios de gente. Um merdeca veio logo farejá-lo, quis tomar os papéis que o estranho levava, o estranho os defendeu abraçando-os contra o peito. O merdeca fez força para tirá-los mas, vendo que não ia conseguir, desistiu e se afastou para o gabinete.

Lá dentro estava todo mundo de olhos no chão escutando o senesca.

— O que foi que conseguimos até agora? Nada. O que é que vocês estão fazendo afinal? Escondendo o homem? Estão me traindo?

Ninguém dizia nada. Todos continuavam olhando para o chão, uns segurando o queixo entre dois dedos, outros de braços cruzados, outros de mãos nos bolsos.

— De hoje em diante me façam um favor. Só venham aqui quando tiverem informação quente. Chega de boatos. Não aguento mais boatos. Ninguém precisa vir aqui para mostrar serviço. Eu sei quem trabalha de verdade e quem passa o tempo ciscando. Fora. Todos.

— Senhor Gregóvio — disse uma voz no meio da multidão.

— Quem falou aí se apresente. Quero ver a cara.

O homem do manojo de papéis se apresentou. O senesca olhou-o, olhou para os papéis, que ele trazia ainda sob os braços cruzados no peito, e tascou:

— Mais relatórios! Tem dó! Já sei todos de cor, quer ver? Movimentos estranhos no porão da ala norte, ou sul, ou leste. O senhor se preparou e saiu em campo. Andou quatro léguas, revirou tudo, só encontrou cascas de laranja num desvão, poça de urina fresca num canto escuro, casca de banana mais adiante, e só. Mas continua investigando. Não é isso?

— Não senhor. É coisa muito boa. Vai mudar tudo.

— É mesmo? Veja lá. Se for invenção, vai se arrepender.

— É assunto sério, sr. Gregóvio.

— Tomara que seja. Estou precisando ouvir alguma coisa séria. Fale.

O homem olhou para os outros, aproximou-se mais da mesa do senesca e falou baixo:

— É reservado.

O senesca levantou os olhos para o bando. Eles entenderam, e o gabinete se esvaziou imediatamente.

Em uma parte do porão há muito tempo transformada em depósito de refugos, e onde ninguém estava indo mais nem para descarregar cacarecos, porque não havia espaço para mais nada, alguém descobrira a entrada secreta de uma câmara que em tempos remotos devia ter servido de prisão-calabouço, os argolões presos nas paredes por fornidos grampos de ferro e o grosso poste de madeira de dois metros fincado no meio da câmara indicavam isso.

Nesse calabouço insuspeitado ou esquecido pelos atuais poderes de Vasabarros vivia um povo estranho, maltrapilho, imundo, cabisbaixo, um cacareco humano ejetado do sistema. Quem era esse povo? Funcionários demitidos por pequenas faltas, e que não tendo para onde ir acabaram achando o caminho do calabouço, como os refugos de uma cidade acabam achando o caminho das sarjetas; eram desertores de tarefas pesadas e sem sentido, que acharam melhor desistir por falta de perspectiva; autores de pequenos delitos que a avidez de ascensão dos chefes apresentou como crimes hediondos, e que desapareceram para escapar de penas mutilantes ou humilhantes; anciãos que não serviam para mais nada e abandonaram seus cubículos antes que a carroça da meia-noite viesse buscá-los; malandros e malfeitores diversos, que de vez em quando sumiam de seus paradeiros habituais por prudência; inconformistas e contestadores que viviam entrando e saindo, falando muito contra os poderes mas sem uma ideia clara do que fazer para consertar as coisas.

Esse quilombo de rejeitados e recusantes tinha uma organização rudimentar, preocupada quase que exclusivamente com a sobrevivência. A segurança era meramente passiva: não se exporem lá fora, não fazerem muito barulho, e um juramento de silêncio para o caso de alguém ser apanhado furtando comida.

Nas fases de grande dificuldade fazia-se o racionamento de comida, no geral aceito sem reclamações exageradas. A higiene era a parte mais branda do regulamento informal, o que era compreensível dadas a impossibilidade de se parar de produzir dejetos e a dificuldade de levá-los para fora com regularidade.

Um morador muito disciplinado no quilombo era o Benjó. Procuradíssimo em todo o campongue, ele não tomava parte em expedições de busca de alimentos nem nas missões de contrabandear dejetos para fora, mas cumpria rigorosamente os preceitos e ajudava na fiscalização.

Mas o Benjó não estava feliz, nem podia estar. Ele havia escapado da barrica, naturalmente ajudado por pessoas cujas intenções desconhecia; mas que vida estava levando? Vida de animal caçado, sem poder pôr a cara fora dessa outra barrica, sem poder ver os amigos nem recuperar seus bens, principalmente as botas. Seria que ele estava condenado a passar o resto da vida escondido no calabouço, como em prisão perpétua? Em que isso era melhor do que a barrica?

Quando foi levado para o quilombo ele imaginou que houvesse um plano maior para tirá-lo do campongue; mas com o passar do tempo viu que não: Orontes, Juruá, Mamede e os outros só faziam cochichar entre eles e recomendar cautela e paciência aos demais. Um dia Benjó chegou-se a Orontes e se ofereceu para ajudar fosse no que fosse que ele estivesse tramando. Orontes falou numa tal Roma que não fora feita em um dia, e se fechou. Benjó não perguntou mais. Devia a vida àqueles homens, não ia se indispor com eles. Era capaz de fazer o que eles mandassem para pagar a dívida; mas se não confiavam nele, paciência.

Os rapazes que apareciam lá por um, dois dias, depois sumiam, quem eram eles? Benjó ficou atento, e foi descobrindo. Eram filhos de funcionários graduados e se aproveitavam disso para não se interessar por nada e contestar um negócio que eles chamavam de sistema. Esse tal sistema não estava incomodando o Benjó em nada, pudesse ele voltar para o seu trabalho nas cavalariças e ele nem ia se interessar em saber o que seria; até que um dos rapazes explicou que sistema era justamente aquilo que o levara à barrica e o condenava a viver no quilombo.

Então podia haver outro sistema? Um sistema que acabasse com o embarricamento, o arame quente, o tico-tico, o funil e os outros castigos? Benjó passou a prestar mais atenção àqueles rapazes, e até a defendê-los de críticas de outros quilombolas.

Um dia um desses rapazes disse que Vasabarros estava podre, e que bastava um empurrãozinho para derrubar tudo. Um quilombola perneta, que estava em um canto coçando um coto de perna, perguntou alarmado:

— E nós vamos para onde?

— Viver como gente — explicou o rapaz.

— E a gente é gente? — perguntou o perneta.

Benjó ficou atento à resposta. O povo do quilombo era gente? Um dos rapazes tossiu para limpar a voz, e falou:

— Aqui em Vasabarros ninguém é gente. Ou vocês pensam que o Simpatia é gente? Ele vive enfurnado lá em seu canto, brincando com soldadinhos de barro para disfarçar a impotência, não fala com ninguém, não tem alegria. É tão prisioneiro como qualquer de vocês.

Falar assim do Simpatia era novidade, e muitos olharam para os lados, amedrontados. Aquilo era como blasfemar, cuspir em imagem de santo. Mas o pior ainda viria.

— É. Mas ele vive limpo, não fede como a gente. E come do bom e do melhor. Enquanto nós aqui... — disse alguém.

— Engano seu — disse o rapaz. — Ele não é limpo nada. Fede a mijo. A Simpateca não aguenta ficar perto. Outros ficam porque não têm remédio. E ele come muito mal. Sofre do fígado, do estômago, da bexiga, do coração, o escambau. Tudo faz mal.

— Mas tem disposição pra mandar gente pra barrica.

— E isso é bom? É alguma grande obra? E nem é ele quem manda. Ele apenas aprova a decisão dos senescas. O Simpatia não é mais do que um dois de paus. Nem os filhos ligam pra ele. Em resumo, o Simpatia não passa de um coitado também.

— Se é assim, por que não larga tudo?

— Não pode. Aquilo é o tico-tico dele, o arame quente, o diagrama. Também se largasse, ia fazer o quê?

Andreu foi afinal visitar a mãe, mais para atender Mogui. Afastado dela desde pequeno, como também a irmã, criado por grumas e entretido por serviçais subalternos, para ele a mãe era uma pessoa que ele se habituara a ver raramente e por pouco tempo, e a tratar com respeito porque assim lhe recomendavam. Mas ao chegar à adolescência ele foi passando a olhar a mãe como uma figura excêntrica, engraçada, nem boa nem má, uma mulher estranha com quem cruzava nos corredores, entrando ou saindo dos aposentos de Mogui, do senesca Zinibaldo, do gabinete do Simpatia, sempre esvoaçando aqueles muitos panos e cantando umas coisas sem pés nem cabeça. E o que ele sabia das excentricidades da mãe, de suas respostas cortantes, era mais de ouvir dizer. E no fundo talvez ele tivesse medo de se aproximar dela e receber o mesmo tratamento que ela dava a quase todos, principalmente ao Simpatia.

A Simpateca estava afundada no sofá catando pulgas no Ringo, ralhando e ameaçando castigá-lo quando ele a atrapalhava com o focinho. Sentado na frente dela no chão, Genísio segurava uma tigelinha com água, onde ela mergulhava as pulgas.

— Vá entrando e dizendo o que quer e saindo — disse ela ao ouvir alguém abrindo a porta.

— A bênção, mãe — disse Andreu.

Ela tirou os olhos do cachorro e ficou olhando o filho, parecia que não acreditando. De repente levantou-se, esquecida do Ringo, que se arranjou como pôde para cair em pé, entornando a tigelinha no tapete.

— Você veio, Andreu! Deixe eu ver você de perto. Chegue aqui.

Ele se aproximou encabulado. Ela segurou-o pelos dois braços e olhou-o de frente.

— Como você está crescido! Olhe aí, Genísio. Meu filho. Você não tem vergonha de ser tão mirrado perto dele? Leve essas coisas pra dentro. Me deixe com meu filho.

Genísio apanhou tigela e cachorro e desapareceu lá para dentro.

— Sente aqui, Andreu. E me conte a sua vida.

Ele sentou-se e ficou brincando com uma almofada para disfarçar o embaraço. Ela sentou-se de lado perto dele e olhou-o ternamente.

— Andreu, você está ficando bonito. Mogui também. Vocês nem parecem nossos filhos. Como é que pode de pais tão feios saírem filhos tão bonitos?

— A senhora é bonita, mãe.

— Não precisa mentir para me agradar. Olhe pra mim. Onde é que você vê beleza? Mas já me acostumei com minha feiura. Não ligo mais.

Eles riram e ficaram calados, sem mais assunto. O Genísio veio comunicar que o Ringo estava vomitando, passando mal, ele não sabia o que fazer.

— Leve ele pra Mogui, ela tem prática — disse a Simpateca. E antes que Genísio desaparecesse de novo, perguntou: — Vocês já se conhecem?

Os dois ficaram se olhando, Genísio muito tímido, Andreu desinteressado. Finalmente Andreu rompeu o impasse.

— Já. Como vai, Genísio?

— Ele vai muito bem — disse a Simpateca. — É meu secretário. Meio bobinho, muito medroso, mas vai servindo.

Genísio foi lá dentro e voltou com o Ringo no colo, o cachorro se debatendo engasgado.

— Não tenha pressa de voltar. Pode ficar lá fazendo companhia a ela — disse a Simpateca.

Genísio saiu, e logo voltava assustado.

— São eles de novo.

A Simpateca levantou-se, foi até a porta, escutou. Abriu de supetão, e dois sujeitos que estavam lá, ou iam passando, recuaram assustados com a frase de ária que ela berrou para fora.

— Assustei vocês? Também quem manda ficarem escutando nas portas — disse a Simpateca, e soltou uma gargalhada que ressoou no corredor.

Ela ficou olhando os homens se afastarem, depois fechou a porta e disse a Andreu:

— É assim que eu trato eles.

— O que é que eles estão querendo? — perguntou Andreu.

— Me vigiar.

— Com que fim?

— Pensam que estou escondendo o rapaz que fugiu da barrica.

— E não está?

— Não. Mas se ele aparecesse aqui eu acho que escondia — e soltou mais uma gargalhada de acordar preguiça.

Ela sentou-se novamente e ficou olhando Andreu, que voltara a brincar com a almofada, parecia que com vontade de ir embora mas sem coragem de sair. A Simpateca percebeu o nervosismo contido dele, e falou:

— Por que você não gosta de vir me ver, Andreu?

— Eu estou aqui, não estou?

— Porque eu pedi muito. E você demorou.

Ele continuou brincando de jogar a almofada para cima e apará-la no ar.

— Mas eu não quero forçar. Só peço que não espace muito as vindas. Tenho muito a lhe dizer, mas não pode ser às pressas.

— Sobre o quê, mãe?

— Tudo. Nós. Eu, você, Mogui. Seu pai. Há quanto tempo você não vê seu pai?

— Ele está sempre ocupado, ou indisposto, ou enfezado.

— É. Pra mim também. — Ela olhou carinhosamente para o filho, afastou os cabelos da testa dele e perguntou: — Você tem namorada, Andreu?

— Namorar quem, aqui neste quartel? De mulher aqui, só tem velha ou menininha raquítica. Dá não, mãe.

— Precisamos resolver isso. Mas não agora. Agora vamos tomar um chá de casca de laranja. Você quer?

— Serve pra quê?

— Pra nada. É gostoso.

Ela chamou a gruma com um grito que ficou zunindo nos ouvidos de Andreu.

O Simpatia não andava nada bem. Acordava de manhã já quebrado, sem ânimo, saía da cama quase que arrancado pelo Salvanor, o valete, outro que qualquer dia teria de ser levado pela carroça. O Salvanor estava muito surdo, ou fingindo de surdo para não se amofinar, e dera para resmungar e demorar com as coisas. O problema era arranjar um substituto para ele. O filho, que normalmente herdaria a função, estava no bando de rapazes que desapareceram do campongue sem deixar rastro, e com isso deu algum tempo mais de vida ao pai.

Todas as manhãs, quando Salvanor o tirava da cama e o punha em pé, o Simpatia ficava parado no lugar, um brinquedo a que faltasse corda. Se o valete não o levasse logo para o banheiro, era quase certo ele se aliviar no velho tapete já cheio de manchas inqualificáveis: começava por uma longa mijada escorrendo roupa abaixo empapando a meia e o chinelo esquerdo e fazendo poça no tapete, o Simpatia com o olhar parado, esquecido. Nessas ocasiões, Salvanor não podia fazer nada, o Simpatia não saía do lugar enquanto a urina não parasse de correr. Quando a urina parava de brilhar no tapete, ficando só a mancha escura fedorenta, Salvanor o levava para o banheiro antes que alguma coisa pior acontecesse. Enquanto isso, a gruma enxugava o que podia, aplicava um desinfetante forte e saía esconjurando.

Lavado, barbeado e vestido, o Simpatia era conduzido à mesa do café, onde ficava sentado brincando com um talher, olhando a comida com olhar desinteressado, talvez sem ver. O valete o servia, ele começava a mastigar mas logo esquecia e parava de boca cheia, empacado. Daí para diante Salvanor não o ajudava mais.

Às vezes a Simpateca entrava na hora do café, sentava ao lado dele e ia empurrando para dentro daquela boca apática o que tivesse na mesa, sempre reclamando contra o cheiro de mijo, de vez em quando abrindo o peito num trecho de ária "para espantar os miasmas", ela dizia a Salvanor.

Depois de alimentar o Simpatia e de deslambuzá-lo, ela o levava para a mesa de trabalho, instalava-o na cadeira giratória e dava uma volta pelo gabinete criticando tudo, os móveis, as cortinas, os tapetes, as paredes que não viam pintura há muito tempo, e saía antes que os senescas começassem a chegar. A Simpateca não suportava os senescas. Com exceção de Zinibaldo, com quem agora mantinha relações razoáveis, ela via em todos um bando de incompetentes, de aproveitadores, de intrigantes, e se pudesse já teria corrido com todos e reformado Vasabarros à sua maneira, começando pela contratação de uma orquestra e de um conjunto operístico no qual ela pudesse cantar, o que estava faltando ali era música para alegrar o pessoal, escorraçar a tristeza, limpar o bolor.

Quando ela falou desse sonho ao senesca Zinibaldo, ele escutou paciente, sorrindo triste. Depois disse:

— Dona Antília, tudo isso é muito bonito, mas não pode ser feito. Existe uma postura muito antiga proibindo cantorias e tocatas, porque foi numa noite de festa com música que tentaram matar o Simpatia Anfilófio II. Não conseguiram, mas o deixaram paralítico.

— Mas então foi há muito tempo.

— Foi. Mas a postura continua em vigor.

— O senhor não acha que já é tempo de derrubar isso? Ou o senhor também é contra a música?

— Se ela é proibida, tenho de ser contra. E lhe faço um pedido, dona Antília. Não deixe que essa sua ideia chegue aos ouvidos de um certo colega meu. Ele na certa vai invocar a lei contra a senhora. Pode não dar em nada, mas a senhora vai ter muita dor de cabeça.

— Já sei. O senhor fala do Porco Pelado.

— Psiu, dona Antília. A senhora tem uma posição privilegiada, mas não é invulnerável.

— Que horror, seu Zinibaldo. Até parece que cometi uma heresia.

— Andou perto. Ridicularizar uma autoridade de primeiro escalão é crime.

Agora o senesca Zinibaldo estava de novo diante dela, receoso que ela voltasse ao assunto das reformas. Vendo o constrangimento do senesca, e se lembrando da conversa anterior, ela o sossegou.

— Não fique assustado, seu Zinibaldo. Chamei o senhor para um assunto outro.

— Estou à disposição, dona Antília.

— Estive pensando… Mogui e Andreu estão crescendo depressa, ele mais do que ela. Cada vez que vejo aquele menino, levo um susto. E como está bonito!

— São jovens muito lindos, dona Antília. E de muito boa formação.

— Que formação, seu Zinibaldo? Sempre viveram largados por aí, como enjeitados. Reconheço que tive culpa.

— Tiveram bons mestres.

— Que só ensinaram as primeiras letras e as quatro operações. E o resto?

— O resto não faz falta aqui. O que mais um Simpatia precisa saber, além das primeiras letras e das quatro operações? E os mais antigos nem sabiam ler, e para contar usavam os dedos, ou caroços de milho. O primeiro a aprender a ler foi Antão I, o Risonho.

— Eu sei. O que tinha dedos de comprimento igual, como macaco. E subia em coqueiro como macaco, e ficava lá em cima jogando coco nas pessoas. Ah, uma boa espingarda!

— Não, dona Antília. Esse que a senhora fala é o Balagão I, o Peito Roxo. Esse é um pouco mais antigo.

— Puxa, seu Zinibaldo. Se fizessem sabatina, eu na certa ia pro redemunho.

— Esse castigo não existe mais. Foi abolido no século passado por Santelmo III, o Melancia, que reinou só sete meses.

— Me diz uma coisa, seu Zinibaldo. Por que essa mania de pôr apelido nos Simpatias?

— Vingança do povo. O povo inventa, o governo proíbe. Mas depois que o Simpatia morre o apelido entra para os registros. Enquanto vivo, um Simpatia não tem apelido.

— Só pelas costas.

— É. Não se pode evitar.

— E qual é o apelido do nosso Estêvão IV?

O senesca ficou vermelho, piscou muito. Disse que não sabia, nunca tinha ouvido, ninguém ia dizer na frente de um senesca.

— Pois eu tenho um bom apelido para ele. Mas deixe pra lá. Eu ainda não disse para que chamei o senhor. Estou pensando em dar uma festa para Mogui e Andreu.

— Festa? Não há nenhuma festa prevista antes da Noite dos Berrantes. Ainda faltam… deixe eu ver… cinco meses.

— Não falo de festa do calendário oficial, seu Zinibaldo. É uma festinha íntima, só para os jovens. Para as moças e os rapazes do campongue. Quero que meus filhos namorem. Estão na idade.

— Já requereu a licença?

— Que licença, seu Zinibaldo. Uma festinha íntima, já disse. Não precisa licença.

— E naturalmente com música.

— Claro. Tem que ter música.

— E onde a senhora vai arranjar músicos?

— Ora, seu Zinibaldo. Todo mundo sabe que tem muito músico e cantor aí. É só chamar alguns.

— Eu sei que tem. Mas não posso saber oficialmente. Senão serei conivente.

— Não diga que não pode ajudar.

— Posso ajudar aconselhando a senhora a desistir. Seria preciso requerer licença ao Conselho, os conselheiros vão deduzir que haveria tocata e cantata, arquivam o pedido. Eles já têm problemas demais, com o Benjó solto por aí.

— E se eu der a festa assim mesmo?

— Se está disposta a fazer isso, então é melhor não pedir licença. Se a licença for negada, como na certa será, e a senhora der a festa, estará desafiando o Conselho. Mas acho melhor esquecer o assunto. Promova um bingo de caridade, tem o mesmo efeito.

— Que coisa mais sem graça, seu Zinibaldo.

— Então uma marcha, uma parada. É patriótico, ninguém pode ser contra.

— Todo mundo marchando, carregando bandeiras, dando vivas ao Simpatia. Não, seu Zinibaldo, muito obrigada. — Ela pensou um pouco, depois disse: — Está vendo, seu Zinibaldo? Sem querer, o senhor ajudou. Vou dar a minha festa.

— Como quiser, dona Antília. Eu não fiquei sabendo de nada. E não quero ser convidado. Já tenho muitos problemas. E d. Estêvão? Vai saber?

— Tanto faz. Não vou comunicar, mas também não vou esconder.

O senesca levantou-se, a Simpateca o acompanhou até a porta. Quando ele abriu, deu de cara com Mogui e Genísio, esse agora sem o uniforme: vestia uma roupa antiga de Andreu, que até parecia feita para ele. Genísio vinha com o cachorrinho no colo. O senesca cumprimentou Mognólia, fez festa para o Ringo, apenas olhou para Genísio e se despediu.

— Genísio, ponha esse cachorro no chão — disse a Simpateca secamente. Depois amaciou. — Essa sua roupa está muito bonita. Não combina com cachorro.

— Se a senhora vai implicar, vou-me embora agora mesmo — disse Mogui.

— Não estou implicando nem vou implicar. Esse tempo já passou. Estou dizendo é que esse negócio de homem carregar cachorro no colo é mariquice. Sente aí você também, Genísio.

Eles sentaram curiosos, Genísio um pouco constrangido.

— Vou dar uma festa pra vocês. Você, Andreu, a moçada toda daqui. Genísio também.

Mogui arregalou os olhos, perdeu a fala, engoliu em seco.

— Quando vai ser? — perguntou afinal.

— Logo que eu acertar a estratégia. Aliás, precisamos fazer isso juntos. Você sabe de Andreu?

— Sei não. Você sabe, Genísio?

Genísio sacudiu a cabeça.

— Não faz mal. Temos tempo. Primeiro vou explicar como vai ser a festa.

Mogui escutou interessada, enquanto Genísio se distraía brincando com o Ringo, tomando cuidado para não pegá-lo no colo.

Ele achava que a tal festa não era assunto dele, e por que haveria de ser? A vida dele mudara completamente e tão de repente que ele não estava acreditando que a mudança fosse durar, a qualquer momento um merdeca o apanhava e o levava de volta para a despensa e para o cubículo, e o momento que ele estava agora vivendo-sem-viver pareceria irreal e distante como um sonho bom, que a gente faz força para reconstituir quando acorda, e quanto mais se esforça mais ele se esgarça e recua. Mogui, a Simpateca, o Andreu mesmo, que era meio esquisitão, o tratavam como gente, mas a vida dele era uma vida de foragido, não podia andar livremente nem pelo corredor, a não ser em companhia de um de seus três protetores, e mesmo nos aposentos deles era preciso se esconder depressa quando alguém batia na porta. A Simpateca prometera que ninguém ia pôr as mãos nele enquanto ela fosse viva, mas pelo que ele já havia observado ela não tinha voz muito ativa, como Mogui e Andreu também não tinham. Eram respeitados pessoalmente, mas não em suas vontades. Então era melhor ele não se considerar promovido definitivamente a coisa nenhuma, e tomar cuidado para não ser apanhado longe de seus padrinhos. E numa festa, onde eles certamente ficariam distraídos com muitas coisas, seria fácil alguém retirá-lo sem que eles percebessem. Aí, adeus roupas limpas e bonitas, adeus boa comida, adeus trato decente.

— E onde vai ser, mãe? Precisamos de um lugar bem grande — disse Mogui.

— É. Estou pensando no Salão das Araras.

— Ah, não! Aquele horror! Há quanto tempo ninguém entra lá!

— Por isso é que serve. Amanhã mesmo vou providenciar a limpeza e a arrumação. Genísio, vá lá dentro e chame a gruma.

O Salão das Araras, uma espécie de sótão enorme, ficava no fim do corredor do terceiro andar, subia-se lá por uma escada em espiral fechada por uma gradezinha com portão. Estava fechado havia muito tempo, desde que o zelador muito velhinho, num acesso de fúria, esbandalhou a cacetadas a maior parte das araras empalhadas, várias centenas, e saiu pelo corredor atacando quem encontrasse, até ser subjugado e condenado à barrica. As araras eram uma mania do Simpatia anterior, e como o atual não se interessou por elas o salão ficou sem zelador e as araras restantes foram acumulando poeira e teias de aranha. Quando eram pequenos, Mogui e Andreu costumavam se esconder lá das grumas e merdecas, até que o esconderijo foi descoberto, o portãozinho da escada foi trancado e a brincadeira acabou. Tempos depois, precisando de um lugar isolado para ensaiar suas árias sem ser perturbada, a Simpateca mandou fazer lá uma espécie de limpeza e utilizou o salão algumas vezes, mas logo desistiu por achar que a acústica não era boa, as araras absorviam o som em suas penas mortas, por mais que ela gritasse o resultado era sempre lamentável, e ela acabou se conformando em cantar em seus aposentos e nos corredores, quem não gostasse saísse de perto ou tampasse os ouvidos, contanto que não o fizesse acintosamente.

Assim o Salão das Araras voltou ao esquecimento. Quem agora entrava lá, levado pela curiosidade ou na esperança de encontrar algum fugitivo e faturar recompensas, encontrava uma maçaroca de trevas cheirando a mofo e azedo, e recuava assustado. Se demorasse um pouco, até a vista se adaptar ao escuro, iria gradualmente distinguindo uma multidão de vultos encarapitados em colunas, todos usando uma espécie de véu esbranquiçado descendo da cabeça até quase ao chão, e todos imóveis, como dormindo ou meditando, uma assembleia de filósofos ou sacerdotes esquecidos do mundo e do tempo. Uma nuvem palpável, também esbranquiçada com laivos cinzentos, preenchia os espaços entre os vultos, dando a impressão de estarem eles levitando, como parece acontecer aos que se apagam em profunda meditação.

Se o intruso se demorar um pouco mais, sem se mexer, começará a ouvir um ruído cuja natureza custará a reconhecer: um ticri-ticri-ticri nervoso, intermitente, vindo de vários pontos, entremeado de guinchos curtos; e se tiver bom olfato sentirá um cheiro de pelo molhado de algum líquido que leve enxofre e ureia, ou salitre, ou qualquer substância acre; e se fizer algum movimento brusco, ouvirá um tchec-tchec-tchec de muitos pares de unhas minúsculas tocando o chão, e então entenderá o enigma: ratos! Uma multidão de ratos roendo os restos das araras, entrando em pânico quando surpreendidos e se safando rápido para qualquer buraco ou canto escuro.

Era esse o salão em que a Simpateca pretendia dar a sua festa.

Também no quilombo do calabouço havia um plano em preparo. Orontes, Juruá e Mamede, de comum acordo após alguma hesitação de Mamede, haviam concluído que a vida ali não tinha perspectiva, a não ser a de viverem eternamente escondidos e correndo o risco permanente de serem descobertos ou denunciados. Os rapazes que vinham falar na possibilidade de uma vida melhor, mais humana, mais decente, já não assustavam tanto os quilombolas; as conversas e desabafos deles eram agora ouvidos com atenção e suscitavam perguntas em número cada vez maior. Parecia que se um dos rapazes, num arroubo incontrolado, gritasse "às armas, cidadãos!", a maioria sairia marchando de peito aberto sem saber para onde, ficando no calabouço apenas os muito medrosos e os que não estivessem em condições de andar. Sendo assim, era preciso começar a organização do movimento de alforria, canalizar o entusiasmo da massa para o bem comum, antes que os rapazes os levantassem precipitadamente para nada.

O efeito da doutrinação dos rapazes era bem visível no Benjó. Ele havia passado da indiferença inicial ao receio de se comprometer com alguma coisa muito perigosa, que ele nem queria saber o que seria, e finalmente ao entusiasmo inflamado. Benjó era agora um dos que mais perguntavam sobre questões práticas, queria saber como poderiam sair logo daquela situação de emparedados; e quando os rapazes estavam ausentes em suas misteriosas excursões lá por fora, ele às vezes tomava a iniciativa de promover seus próprios comícios; mas não tendo preparo para esse trabalho, o resultado era sempre chocho, quando não cômico.

Depois de muita discussão entre Orontes, Juruá e Mamede, ficou decidido que o Benjó devia ter algum papel no esquema, porém não foi fácil estabelecer que papel seria. Talvez o de organizar o pessoal das estrebarias? Mas como? Desde que fora embarricado, os cavalariços o haviam riscado do rol dos vivos e dividido entre eles o modesto patrimônio do colega. Era pouco provável que soubessem ou mesmo desconfiassem que o Benjó estivesse vivo; e se ele aparecesse de chofre entre os antigos companheiros, o resultado seria imprevisível, poderia causar algum tumulto perigoso. Era preciso antes um trabalho preparatório, que poderia ser feito por um dos rapazes que trançavam por toda parte sem serem incomodados pelos merdecas devido à posição de seus pais no campongue.

Apesar de onipresentes e onividentes devido ao número, os merdecas tinham suas falhas. Sendo as autoridades mais subalternas do campongue, eles também tinham os seus pavores como qualquer pessoa sem mando; temiam a vigilância uns dos outros, havia recompensas para o merdeca que denunciasse as faltas de um companheiro. Eles viviam sob o comando férreo do senesca Gregóvio, o Porco Pelado, que não tomava conhecimento de graduação intermediária, para ele, merdeca, caboteca, coringa, caboringa, mijoca, era tudo a mesma coisa, todos fiavam fino com ele e suavam na sua presença, principalmente quando eram chamados e ficavam tesos na frente dele enquanto ele os olhava demoradamente sem dizer por que havia chamado, batendo nos dentes com a unha do dedo médio, dando-lhes tempo para se amedrontarem ao máximo. Geralmente essa cena era o prelúdio de uma descompostura violenta, mas ele a armava também sem nenhum motivo, apenas para se divertir vendo o medo nos olhos do subordinado.

Mas quando de bom humor, Gregóvio gostava de se divertir era fazendo exibição de força física nas estrebarias, e gostava de levar gente para assistir, quanto mais gente melhor. O espetáculo começava com um cavalariço escolhendo o animal mais forte que houvesse lá. Esse animal era selado e montado pelo cavalariço, que dava uma volta com ele para todos verem que se tratava de animal sadio e fogoso. Feito isso, Gregóvio agarrava o rabo do bicho com as duas mãos e mandava o cavalariço esporeá-lo. O animal tentava se arrancar, retesava os músculos, forcejava, não conseguia sair do lugar. Enquanto isso Gregóvio, com as veias do pescoço e dos braços em tempo de estourarem, olhava sorrindo para a assistência; e quando achava que não tinha deixado nenhuma dúvida quanto a sua força, abria as mãos de repente e o animal saía disparado, o rabo em penacho, pescoço e cabeça formando quase uma linha reta. A assistência naturalmente aplaudia, Gregóvio agradecia, e passava ao segundo número, que era erguer um pesado barrote de cerca, correr com ele equilibrado na vertical na palma da mão, finalmente dar um impulso e jogá-lo longe. Gregóvio fazia questão de mostrar periodicamente que em força bruta ninguém emparelhava com ele em Vasabarros.

Zinibaldo achava essas exibições um vexame para a classe dos senescas, e só comparecia às cavalariças quando não podia evitar, o que retirava boa parte do prazer de Gregóvio, cujo objetivo secreto era justamente mostrar aos doutores de Vasabarros, na opinião dele representados por Zinibaldo, que ele Gregóvio também tinha do que se orgulhar. Afinal, segurar um cavalo pelo rabo e impedi-lo de andar não é para qualquer um.

Mas com isso Gregóvio estava apenas desperdiçando energia e tempo, porque desde que assumira o posto de senesca-custódio, e logo nos primeiros dias conseguira aprovação do Simpatia para embarricar várias pessoas, ficou sendo a autoridade mais temida de Vasabarros. E agora, com a quase invalidez do Simpatia e o evidente desinteresse de Andreu pelos assuntos oficiais, todos viam nele um homem em véspera de se tornar bastante poderoso.

Zinibaldo comentou isso discretamente com a Simpateca na presença de Andreu e Mognólia enquanto Genísio saíra a passear com o Ringo. A Simpateca sacudiu-se inteira numa gargalhada sadia e disse:

— O Porco Pelado mandar em tudo? Isso nunca!

Zinibaldo ponderou que o perigo existia e precisava ser levado em conta. Estando d. Estêvão na situação que todos sabiam, Gregóvio podia arranjar as coisas para ficar manobrando atrás dos panos, ou talvez mesmo dar um golpe e assumir.

— O Porco Pelado? Nunca!

— De onde vem essa certeza, dona Antília? A senhora tem algum trunfo que eu desconheça?

— Há coisas que simplesmente não podem acontecer. Essa é uma. Imagine o Porco Pelado sentado no trono. Desse susto eu não morro, tenho certeza.

— Quer dizer então que a senhora não tem nenhuma arma secreta para essa eventualidade.

— Não tenho, nem seria preciso. Aquele homem não pode ser Simpatia, nunca.

— Há muita coisa que não pode acontecer e acaba acontecendo. Gregóvio tem ambição e não tem escrúpulos, e agora tem também as condições a seu favor.

— Olhem aí, meninos. Ouviram isso? — disse a Simpateca aos filhos.

— Estou ouvindo. E acho que o sr. Zinibaldo tem razão em se preocupar. Desconfio de Gregóvio — disse Andreu.

A Simpateca olhou para ele com interesse, depois sorriu e disse:

— Está vendo, seu Zinibaldo? E a gente pensando que eles não se interessavam. Mas por que é que você desconfia dele?

— Sei lá. É o jeito dele.

— Ele é grosseiro. E é mau — disse Mognólia pensativa.

— Seu pai também é grosseiro. E é cruel — disse a Simpateca.

— Por favor, dona Antília. Não me sinto bem ouvindo críticas diretas a d. Estêvão. Ele tem que cumprir as leis. E não usurpou o posto. Assumiu por direito, como Andreu vai assumir um dia, esperamos.

— É claro que vai assumir. Porco Pelado nenhum é capaz de mudar isso — disse a Simpateca.

— Esse é o nosso desejo. E eu gostaria de ter motivos para estar tranquilo como a senhora — disse o senesca. — Vejo nuvens negras no horizonte.

— Então tratemos de afastar essas nuvens. O senhor tem alguma ideia?

— Ainda não. Estou apenas sugerindo que pensemos no assunto.

— Não podíamos abrir os olhos do pai? — sugeriu Mognólia.

— Impossível — disse a mãe. — Aquele não está em condições de enxergar mais nada. O senhor não acha, seu Zinibaldo?

O senesca teve de admitir que o Simpatia andava mesmo lerdo, incapaz de raciocínio continuado, o que aumentava o perigo de um abuso de confiança, por exemplo.

— É isso mesmo. Eu ainda não tinha pensado nisso. Comece a se mexer, seu Zinibaldo.

— Pra me mexer, preciso saber em que direção. Por enquanto basta que fiquemos atentos, e em comunicação permanente nós quatro. A partir de agora formamos uma comissão de vigilância. Tudo o que um ouvir ou descobrir, comunica imediatamente à comissão. Alguém tem outra ideia?

A pergunta deixou os três embaraçados. Nenhum deles tinha experiência em assunto tão grave. Finalmente a Simpateca perguntou se Zinibaldo contava com muitos amigos certos, em quem pudesse confiar.

— Quanto a isso não há dúvida. Gregóvio não reúne nenhuma simpatia popular. Mas precisamos ser realistas. Muita gente que hoje estaria contra ele, amanhã pode se passar para o lado dele por medo, se sentir que estamos fracos.

O Andreu, que depois do palpite inicial não abrira mais a boca, preferindo brincar com um botão da camisa, o que já estava enervando a Simpateca, de repente largou o botão e disse:

— Se o pai está nebuloso e tem gente querendo pôr ele pra corner, por que não passamos na frente e não fazemos isso nós mesmos?

Mognólia arregalou os olhos para o irmão. Aquilo cheirava a sacrilégio, mas também podia ser uma proposta sensata. E vendo que nem a mãe nem seu Zinibaldo o repreendiam, optou pela segunda explicação.

Zinibaldo estava pensando, e a Simpateca aguardava qual iria ser a reação dele. Para ela havia muita sensatez na sugestão de Andreu; mas sendo conhecida a pinimba dela com o Simpatia, ela não quis se manifestar antes de conhecer a opinião do senesca. Finalmente ele falou:

— O que você sugere, Andreu, é uma ação de restringência, ou de interdição. É perfeitamente legal.

— E como se faz isso? — a Simpateca perguntou.

— Inicia-se com uma proposta ao Conselho. Pode partir de um senesca ou de uma pessoa da família.

— E passaria?

— Não é fácil avaliar. Só uma sondagem entre os conselheiros poderia dar uma ideia. Mesmo assim... Sondagem é uma coisa, votação real é outra. Mas temos que começar pela sondagem. Levantamos a lebre, mas não temos outro jeito. E já que estamos debatendo o assunto, seria bom que de agora em diante a senhora suspendesse as irreverências. Elas podem indispor algum conselheiro contra nós.

— Eu sabia que mais cedo ou mais tarde iam cortar a minha onda — disse a Simpateca fingindo-se agastada. — Mas se é para o bem geral, vou tentar.

— É só por uns tempos, mãe. Não é, seu Zinibaldo? — disse Mognólia.

— Se não puder ser permanente, que seja por algum tempo — disse o senesca. — Mas não acredito que com Andreu no comando dona Antília encontre motivos para irreverências.

— Eu no comando? — disse Andreu assustado, quase gritando. — Por que eu?

— Quem mais? — perguntaram ao mesmo tempo Zinibaldo e a Simpateca.

— É — disse ele resignado, se lembrando de que realmente não havia mais ninguém.

Se Vasabarros no verão era uma bolha de mofo e trevas no corpo do mundo, no inverno era uma caverna fumacenta e insalubre. Os rolos que deviam iluminar os corredores, escadas, galerias e porões absorviam a umidade ambiente e emitiam uma luzinha raquítica, vacilante, estralejante, incapaz de varar a bruma que ocupava todos os espaços quase como um líquido oleoso. E invadindo tudo, até os aposentos dos senescas, um cheiro enjoativo de ranço, de panos embebidos em água suja.

As pessoas ficavam irritadiças, pessimistas, briguentas, os mal-entendidos eram frequentes até entre o pessoal da cúpula, a aplicação de castigos aumentava, principalmente para a gente de pé no chão, cujos menores deslizes eram tratados como faltas gravíssimas. Quem tinha juízo, ou experiência, punha o máximo capricho em suas tarefas, mostrava-se o mínimo possível aos merdecas, e quando era inevitável topar com um deles redobrava no respeito, como se estivesse diante de um coringa ou senesca; para os humildes, os merdecas eram mais perigosos do que os senescas. Junho era o mês mais perverso, e nem havia o consolo de olhar para fora e sonhar com paragens melhores, de ar mais leve e cheiros mais humanos, porque a topografia de Vasabarros não permitia amplas perspectivas, por qualquer lado que se olhasse só se via montanhas envoltas em neblina, como se aquele lugar fechado tivesse um pacto com o mundo exterior para anular qualquer esperança de comparação que resultasse desfavorável ao sistema interno.

Não podendo buscar inspiração fora, as pessoas se voltavam para dentro de si mesmas e iam aos poucos esquecendo a irritabilidade e a bruteza. Isso acontecia lá pela segunda metade do inverno, quando as áreas de circulação ficavam desertas a maior parte do tempo, a não ser pelos merdecas de serviço, e mesmo esses perdiam muito de sua insolência, ficavam encostados nas paredes, o corpo pendido para um lado apoiado no chuço, um braço fazendo trave para escorar o outro, que escorava a mão que escorava a cabeça pensativa, e o máximo que faziam quando passava um superior era se perfilarem sem estardalhaço e sem a subserviência costumeira. Até os merdecas se olhavam por dentro no fim do inverno. É claro que isso não tinha nenhum efeito duradouro, mas era uma trégua na guerra permanente contra os pequenos.

Gregóvio também se abrandava um pouco nessa fase, não maltratava tanto a mulher, não aterrorizava muito os subordinados; passava longos momentos em sua oficinazinha de carpinteiro aparelhando, cepilhando e lixando tabuinhas de boa madeira do grande estoque de sucata que mandava os merdecas arrecadarem pelo campongue, aparelhava-as em tamanhos e formatos diversos; e depois de bem lixadas com lixa fina, pegava uma e a revolvia na mão, admirando os veios com tal empenho que parecia estar lendo neles alguma inscrição muito especial, que o seu trabalho meticuloso havia trazido à superfície.

Admirada devidamente a lisura da madeira, e decifrada ou não a mensagem dos veios, Gregóvio passava à segunda fase, que era a de alisar a tábua com a mão, o que fazia de olhos fechados, como em êxtase, parando de vez em quando para mais um castigo com a lixa. Quando a mão não encontrava mais o que retocar, ele ficava alisando a tábua para lá e para cá esquecido do mundo, os olhos fechados, os cantos da boca ligeiramente levantados numa sugestão de sorriso.

Essas tabuinhas supertrabalhadas eram distribuídas por vários pontos da casa, onde Gregóvio estivesse havia sempre pelo menos uma ao alcance para ser acariciada. Gregóvio tratava suas tabuinhas como se fossem entes muito queridos, e chegava a conversar com elas quando estava sozinho, ou supunha estar. Até na cama ele tinha uma para alisar enquanto esperava o sono, pelo menos se dizia em Vasabarros.

Outra mania de Gregóvio era tomar chá feito com aquelas fitas de madeira que saíam em caracóis da boca do cepilho e que ele guardava numa caixa feita especialmente para esse fim, de juntas e tampa bem vedadas para conservar o aroma. Esse chá era tomado principalmente à noite, e de preferência com lascas de queijo muito finas, que dona Odelzíria tinha de cortar do mesmo tamanho e da mesma espessura, e ai dela se passasse esse trabalho à gruma ou se não cumprisse rigorosamente as especificações. Gregóvio levantava cada fatia de queijo com o garfo, examinava o tamanho e a espessura antes de transferi-la para a xícara, onde eram arrumadas em camadas cruzadas. Depois cobria as camadas com açúcar, não muito para não apagar o gosto da madeira. O chá quente era despejado em cima, e Gregóvio ficava olhando as bolhas que subiam do fundo enquanto o açúcar se derretia e o queijo ia se cozinhando. Quando as bolhas paravam de subir, ele mexia o fundo da xícara e ia tirando com a colher aquelas linhas de queijo derretido, até não restar mais queijo. Então o chá era bebido devagarinho, a goles espaçados, como se fosse alguma coisa muito rara, que precisava durar. A mesma meticulosidade era dispensada à segunda xícara, à terceira, às vezes a uma quarta, e durante todo o tempo dona Odelzíria tinha de ficar à disposição para que ele não tomasse chá morno. Talvez por isso dona Odelzíria era a pessoa que mais esconjurava o inverno em Vasabarros.

Um dia ela teve a audácia de insinuar que esses chás aberrantes é que estavam zangando o estômago dele — e se arrependeu de ter aberto a boca. Gregóvio inchou, bufou, deu murros na mesa, jogou coisas no chão, e quando pôde falar disse que ela não entendia de chás, aliás não entendia de nada, só sabia andar pela casa como assombração assustando gente, cada dia ficava mais feiosa e nariguda, e ele não sabia por que ainda não a tinha mandado para a barrica, ela que abrisse os olhos porque qualquer dia mandava. Ao que ela respondeu que, se ele não sabia, ficasse sabendo que mulher de senesca não ia para a barrica. Então para a carroça da meia-noite, respondeu ele. Agora quem se enfezou foi dona Odelzíria, que se plantou desafiadora diante dele e disse que se alguém ali devia abrir o olho era ele, um senesca que não se dava ao respeito: em vez de se comportar com decência como os outros, como seu Zinibaldo, por exemplo, ia para as estrebarias fazer exibições de capadoçagem para os cavalariços, que aplaudiam pela frente mas pelas costas caçoavam dele e até o chamavam de Porco Pelado. Dona Odelzíria estava mesmo com a cachorra, soltando o vapor acumulado em muitos anos de muda submissão, a ponto de Gregóvio se assustar; e quando ela berrou o apelido proibido, a única reação dele foi pedir que falasse mais baixo, podia alguém estar ouvindo. Sentindo a fraqueza dele, dona Odelzíria voltou com mais força:

— Falo baixo nada. Cansei de falar baixo. De hoje em diante eu vou é gritar. Porco Pelado! Porco Pelado! Bebedor de chá de cavaco!

— Psiu! Psiu! — pedia ele. — Você ficou louca? Pense em nossa posição!

— Nossa posição! Você nunca me considerou sua mulher. Agora que está com medo, vem falar em nossa posição. Você está pensando é em você, não em nós.

Casualmente ou não, a gruma apareceu para saber se já podia levar a bandeja de chá, e isso mais ou menos esfriou os ânimos. Gregóvio sentou-se à mesa e ficou fingindo que organizava uns papéis, dona Odelzíria ocupou-se em dar uma arrumação fora de hora nas almofadas, no vaso de flores, em reunir várias tabuinhas espalhadas pelo ambiente.

Quando os brigões ficaram novamente sozinhos nenhum deles achou mais o que dizer, ficaram calados sem se olhar, num impasse difícil de desatar; até que dona Odelzíria o desatou dizendo simplesmente que ia dormir. Gregóvio aprovou com a cabeça, sem olhar para a mulher, e com isso dispensou-a de qualquer outra manifestação, e ela saiu da sala em seu andar deselegante, arrastando um chinelo, a saia mal-ajambrada despencada de um lado, enquanto ele a olhava com uma mistura de desprezo e dó.

No quilombo do calabouço o inverno não era tão ruim como em outras partes do campongue. Claro que o ambiente era tristíssimo, funéreo até, a pouca luz que entrava no verão sumia-se completamente, e a fumaça dos rolos pairava pesada e grossa no ar; mas era a época em que a tensão dos moradores afrouxava um pouco, a preocupação com a vigilância abrandava, os mais corajosos se arriscavam a pequenas excursões lá fora, e mesmo não tendo oportunidade de ver e descobrir muito, voltavam contando histórias que alegravam os outros e renovavam as esperanças de dias melhores. E era também o tempo em que o problema da alimentação melhorava bastante com a relativa facilidade que as patrulhas de abastecimento encontravam para chegar à despensa. No inverno comia-se melhor no quilombo, e isso elevava os espíritos.

O Benjó, por exemplo, já havia quase recuperado o peso do tempo em que trabalhava nas estrebarias, e começava a se afligir, queria sair de qualquer maneira, e era um custo convencê-lo a ter paciência.

— Ninguém escapou da barrica, você foi o primeiro — disse o Juruá um dia. — Se pensa que pode escapar duas vezes, confia demais na sorte.

— Eu sei. Mas não estou aguentando esta vida. Preciso fazer alguma coisa, senão viro bicho.

— Você vai fazer, mas quando chegar a hora. Não vá pôr tudo a perder com uma imprudência.

— Quando chegar a hora. Parece que não chega nunca. Estou cansado desse espicha-encolhe.

— Quem é que está de espicha-encolhe? — Foi o Orontes, que estivera escutando calado enquanto desmanchava pontas de cigarro catadas aqui e ali e juntava o fumo numa bolsinha de couro.

No tom deliberadamente calmo da voz, todos em volta perceberam uma ameaça de tempestade, e fizeram silêncio, uns para não agravar o clima, outros para poder captar melhor o que viria. Benjó também percebeu o perigo, e maneirou.

— Que que isso, seu Orontes. Ninguém aqui está de espicha-encolhe. Eu falo é dessa situação, a gente parado, o tempo passando, nada acontece, a gente vai ficando nervoso.

— É só isso? Cuidei ter ouvido você dizer que chegava de espicha-encolhe.

— Se disse, não foi criticando ninguém. Foi pra descarregar o nervosismo.

— Então está bem. Mas deve ter cuidado com o que fala. E outra coisa: o trabalho que vamos fazer não é pra gente que fica nervosa à toa. Quem estiver nesse caso, é melhor se afastar e dar o lugar para outros. Ninguém é prisioneiro aqui. Mas tem uma coisa: quem sair não volta. Não tem isso de ficar trançando de dentro pra fora, de fora pra dentro. Não é, Juruá?

— É. Saiu, bons ventos.

Todos que estavam naquele canto do calabouço respeitaram

o vexame de Benjó e evitaram olhar para ele. Quando a poeira assentou, Orontes achou que estava na hora de dar um refresco ao linguarudo, e informou:

— Se tudo correr bem, você pode visitar seus amigos cavalariços esta noite.

Benjó inflamou-se de novo.

— Vai correr bem, sim. Eles já sabem? Não vou assustar eles?

— Já estão informados.

— Quando é que eu vou?

— Quando a cobertura estiver organizada. Você não pode ir sozinho, é arriscado. Se quiser dormir antes, tem tempo.

Benjó tentou dormir, não conseguiu. Ele só pensava no sucesso que na certa iria fazer entre os companheiros, que na certa também iriam lhe devolver as botas, o anel de caveira e tudo o mais. E estava ansioso também por ver a cara dos companheiros quando ele aparecesse. Verdade que nem todos lá eram amigos, havia uns que o olhavam atravessado, mas até esses ele estava disposto a abraçar, quem já olhou a morte na cara e a escorraçou aprende a não guardar ressentimento, é como nascer de novo com o coração limpo; ele abraçaria até o molecote que o lambuzara de azeite no dia do Enxoto.

De vez em quando toda essa euforia era ensombrecida por um pensamento assustador: e se ele fosse apanhado por algum merdeca no caminho da estrebaria?

A festa da Simpateca foi como um tiro de pólvora molhada. Ao contrário do que ela mais ou menos desejara e do que o senesca Zinibaldo receara, ninguém criou dificuldades. Gregóvio ficou logo sabendo onde seria a festa e quem iria, mas não atrapalhou. Acompanhou tudo a distância e ainda recomendou aos merdecas que se afastassem daquela parte do campongue na noite da festa. A guerra que ele estava preparando era outra.

Durante a semana dos preparativos ele recebia informes periódicos e ia tomando suas providências preventivas, mas na surdina, só para não ser apanhado de surpresa. Ele não via nenhum perigo na Simpateca, uma mutuca inofensiva, nem no senesca Zinibaldo, um boboca que gostava de passar por mentor da Simpateca; se havia algum perigo, era no pessoal do calabouço, mas esses estavam bem vigiados pelos agentes que ele infiltrara lá; e ele só não prendera ainda o tal Benjó para não espantar a caça maior; o Benjó não perdia por esperar, se pensava que tinha mesmo escapado da barrica ia ter a maior decepção de sua vida quando se visse novamente dentro dela, já havia outra barrica, preparada, a araponga estava de mola desenferrujada e engraxada, e a barra vibradora tinha sido raspada com escovão de aço para soar mais forte; por enquanto, o Benjó podia ir brincando de ressuscitado, e quanto mais tempo brincasse, maior seria o choque quando descobrisse que ninguém escapa da barrica.

Assim, toda a preocupação de segredo da Simpateca, de Zinibaldo, de Mogui, Andreu e Genísio, que de indiferente tinha passado a fanático, fora puro desperdício. O segredo ficou sendo um brinquedo entre eles, como se estivessem numa câmara de vidro espelhado por dentro e transparente por fora.

Também o objetivo de encaminhar namoro para Andreu e Mogui fracassou completamente. As moças, muito compenetradas de estarem numa festa promovida pela Simpateca, se comportaram com exagerado decoro, nisso seguindo repetidas recomendações dos pais. Evitavam até de rir, cada uma querendo se mostrar mais digna de ser a futura Simpateca, com isso perdendo toda espontaneidade. E os poucos rapazes que compareceram — não havia muitos em Vasabarros; e desses poucos, menor era o número dos que teriam coragem de ir a uma festa supostamente proibida, poderia haver alguma espécie de lista negra — esses poucos ficaram olhando Mogui de longe, sem ânimo de se aproximar, quando a Simpateca escolhia um e fazia a aproximação, ele perdia a fala e só ficava pensando num jeito de escapar depressa. Mogui para eles era intocável.

Mogui percebeu o desconforto deles e pediu à mãe que não fizesse mais nada. Então a festa acabou numa reunião de comadres, falou-se muito em doenças, em problemas com as grumas, na tristeza que estava sendo o inverno, como se aquele fosse diferente dos outros; falou-se nos boatos sobre o embarricado, que estaria praticando horrores no campongue durante a noite, até parecia que o rapaz tinha pacto, andava livremente por toda parte e os merdecas não conseguiam agarrá-lo, quem podia dormir com um perigo assim rondando?

Lá pelo meio da festa Andreu arranjou um brinquedo de dardos, um alívio para os rapazes, que se agarraram a ele como se fosse a coisa mais sensacional do mundo. E Mogui, para não desmaiar de tédio, agarrou-se a Genísio, com quem vinha se dando bem depois que ele começou a perder o acanhamento e passou a contar histórias de sua vida fora do campongue, assunto que muito interessava a Mogui.

Mas Andreu logo enjoou do jogo de dardos, e na terceira ou quarta rodada, quando chegou a sua vez, ele olhou para os dardos reunidos na mão, olhou para uma estátua horrorosa de gesso patinado que os homens não tinham conseguido remover devido ao peso, era uma figura de mulher maior que o natural, com um lenço na cabeça e um cesto de flores em um braço: Andreu jogou os dardos no cesto e comunicou:

— Acabou o brinquedo.

Os outros rapazes ficaram sem saber se aplaudiam ou se lamentavam, o brinquedo estava mesmo muito sem graça, mas afinal era um passatempo, e o que iriam fazer agora?

— Vamos sair pra outro. Vamos fazer uma procissão de rolos pelos porões. Todo mundo, homem, mulher, moço, velho — sugeriu Andreu.

— Muito boa ideia! — gritou a Simpateca lá do sofá onde estava. — É uma procissão de espantar fantasmas. A gente vai cantando e dançando e eles fogem com medo.

A princípio não houve muito entusiasmo pela ideia, Mogui achou que procissão de rolo não ia ter graça, mas a Simpateca já havia mandado providenciar os rolos enquanto Andreu punha o pessoal em forma para evitar atropelo na descida da escada. Os rolos logo chegaram, foram distribuídos e acendidos, e a procissão começou.

Já na primeira bifurcação ao pé da escada alguns dos que estavam atrás tomaram furtivamente o caminho da direita e se desgarraram, uns por acharem a ideia da procissão uma ideia boba, outros por temerem algum fim desagradável, apesar do endosso da Simpateca; se o pau comesse, ela seria poupada e se recolheria aos seus aposentos resguardados, deixando a massa no fogo. Outras defecções foram acontecendo em cada nova oportunidade, e se alguém tivesse dado um balanço na procissão após os primeiros dez ou quinze minutos, teria notado que o número de pessoas idosas ia diminuindo rapidamente.

Mas quando entraram no porão, deu-se um fato curioso: o número de participantes passou a crescer, primeiro na retaguarda, depois em toda a linha, mas não muito na frente, onde iam a Simpateca e sua gente, a voz da Simpateca ressoando longe e atraindo curiosos, parecia que ela estava ansiosa por encontrar oposição.

A notícia daquela passeata fora de hora não demorou a alcançar o quilombo do calabouço, e assustou todo mundo. Muitos tremiam e choravam, outros rezavam alto, o Benjó armou-se de um porrete e tentou levantar o pessoal, mas foi contido por Orontes, que recomendou cabeça fria.

— Primeiro precisamos saber o que é isso, não vamos nos precipitar. Se fossem merdecas, eles viriam calados, negaceando. Cabeça fria, gente. Apaguem os rolos e façam silêncio.

A ordem foi obedecida, mas com certa dificuldade quanto ao silêncio, porque as orações e as ladainhas continuaram.

— Calem a boca, gente! Vocês querem ser apanhados? — gritou Orontes.

Esse grito foi como uma bucha enfiada na boca de cada um. O silêncio baixou imediatamente no quilombo, salvo por um ou outro cochicho necessário para pedir a um que chegasse pra lá, a outro que parasse de chupar dente, a quem estivesse soltando traque fazer o favor de riscar um fósforo pra abafar o fedor, essas reclamações que acontecem no escuro numa aglomeração apertada.

Mas a tensão durou pouco. Logo a voz da Simpateca foi ouvida, distante mas reconhecível por alguns que já a tinham ouvido antes.

— Não é nada não, gente. É alguma maluquice da Simpateca. Conheço a voz dela — disse um.

Por prudência ainda não acenderam os rolos, e Orontes mandou dois homens investigarem o que estava realmente acontecendo lá fora. Benjó quis ser um deles, Orontes vetou:

— Você não. Você é muito procurado.

Os dois homens saíram apalpando o escuro, guiando-se pela voz da Simpateca, que já ressoava mais forte nas dobras do porão lá em cima. Quando avistaram a vanguarda da procissão, acharam que se fossem vistos saindo do escuro poderiam levantar suspeitas, e voltaram depressa para se munirem de rolos.

Com os rolos acesos, não tiveram dificuldade em se intrometer na procissão sem serem notados, e com alguma esperteza captar o espírito da brincadeira. Ficaram sabendo que a procissão ia percorrer os porões de ponta a ponta e algumas outras partes pouco visitadas do campongue. Achando que a informação podia interessar aos chefes do quilombo, os espias se desvencilharam da procissão e voltaram depressa ao calabouço.

Orontes e Juruá, que estivera fazendo levantamentos outros, e voltara assustado com a movimentação incomum no porão, acharam a informação muito importante: estava ali a oportunidade esperada de levarem Benjó às cavalariças para fazer contato com seus antigos companheiros. Enquadrado numa pequena patrulha de quilombolas, Benjó embarcou na procissão.

Ao contrário de Andreu, que estava empolgadíssimo com a brincadeira e marchou o tempo todo ao lado da mãe, às vezes fazendo dueto com ela, Mogui desde o início achou aquilo tudo muito bobo e sem sentido. Agarrada a Genísio para não perdê-lo na multidão, ela foi se atrasando até ficarem os dois bem na retaguarda; e cansada de segurar o rolo, que começara a se derreter ao calor da mão, ela o apagou e jogou para um lado. Ela pensava no Ringo e se arrependia de não o ter levado, mesmo sabendo que seria arriscado um bichinho tão pequeno no meio de tanta gente.

De repente veio-lhe a curiosidade de ver o lugar onde o Ringo tinha passado tanto tempo longe dela, o cantinho onde ele dormia enquanto esperava Genísio voltar do trabalho. Se ela não visitasse o antigo cubículo de Genísio agora, talvez não tivesse outra oportunidade tão cedo.

— Onde é que você dormia antigamente? — ela perguntou a Genísio. — Era por aqui?

— Já passamos.

— Me leva lá.

— Tá brincando.

— Quero mesmo.

A porta estava apenas encostada, como ele havia deixado quando saíra a passear com o Ringo pela primeira vez. Genísio a empurrou com o pé, ela rangeu; e o ar que ela puxou para dentro ao se abrir quase levou também a chama do rolo. Genísio protegeu depressa a chama com a mão, ela se aprumou. Uma manchinha clara tremida vinda lá de dentro passou rente aos pés deles e se perdeu no escuro do porão. Genísio disse que era uma lagartixa conhecida dele, Mogui disse que era um rato.

Um cheiro morno de mofo e morrinha os acolheu antes que a luz do rolo iluminasse o cubículo. Mogui recuou arrependida.

— Vamos embora — ela disse voltando-se para sair.

Genísio acompanhou-a sem dizer nada, e isso irritou Mogui. Quando ele já ia puxando a porta para fechá-la de novo, Mogui parou e disse:

— Por que você concorda com tudo? Vamos voltar lá.

Ele concordou de novo. Mogui tomou o rolo, entrou resoluta, com a mão esquerda tapando o foco para ver melhor. Depois de inspecionar os quatro cantos do cubículo, abaixando-se às vezes para olhar alguma coisa mais de perto — a lata enferrujada onde o Ringo bebia água, os trapos imundos que deviam ter servido de ninho para ele, o lixo todo que Genísio não tivera tempo de recolher na noite em que o Ringo quase se perdeu no porão — ela parou ao lado da cama morrinhenta.

— Que lugar horrível! Como você pôde viver aqui? Eu não aguentava nem uma noite.

Pela primeira vez Genísio falou sem pensar em consequências.

— Eu não escolhi este lugar. Fui jogado aqui, e pronto. O que era que eu podia fazer? Exigir um quarto limpo com cortinas, tapetes, cama macia? Começa que nunca tive essas coisas. Sabe que tem muita gente aqui no campongue vivendo em lugares até piores? Você não aguentava passar nem uma noite aqui. Mas se você fosse igual a todo mundo, aguentava e achava bom, como eu achei.

Mogui olhou para ele espantada, não por julgá-lo atrevido, mas por descobrir que ele falava e opinava. Ao ver o espanto dela, ele encabulou, perdeu o fio do que dizia, gaguejou:

— Desculpe. Falei bobagem.

— Falou não. Falou certo. Fale mais.

— É só isso.

— Você disse que achou bom viver aqui.

— Porque era o meu quarto. Aqui ninguém me incomodava. E tem lugares piores.

— Piores do que este?

— Já ouviu falar na Caverna dos Trapos?

— O que é isso?

— Está vendo? Quem vive lá em cima não sabe o que se passa nos porões. A Caverna dos Trapos é o lugar onde recolhem os doentes, os aleijados, os que ficam loucos.

— Quem recolhe?

— Eles.

— Eles quem?

— Ora, Mogui. Vocês.

Ela ficou pensativa, olhando a luz do rolo na mão dele. Depois perguntou:

— Meu pai sabe disso?

— Quem é que manda aqui?

Era possível que o Simpatia não soubesse de muitas coisas. Mas em vez de opinar, ela pediu:

— Me leva nessa caverna? Agora?

— De jeito nenhum. É perigoso. E vamos embora daqui,

que é perigoso também. — E sem esperar concordância, ele a empurrou para fora e encostou a porta.

O porão estava mais abafado do que o normal devido à passagem recente da procissão com aqueles muitos rolos consumindo o pouco ar, e mais a respiração de tanta gente. Os dois caminhavam calados, Genísio na frente com o rolo. De repente ele parou, escutou, apagou o rolo. A escuridão os engoliu.

— Por que você fez isso? — ela perguntou, agarrando o braço dele.

— Psiu!

— Por quê? O que é que está acontecendo?

— Cale a boca. Merdecas — ele falou sussurrado, e empurrou-a para trás de uma pilastra.

Ela se agarrou mais a ele, agora com as duas mãos, com medo que ele a deixasse sozinha. Logo ouviram passos e vozes, e um clarão de lanterna começou a lamber as paredes. Atrás da lanterna vinham dois merdecas com seus chuços, cujas pontas metálicas brilhavam de vez em quando no escuro. Genísio e Mogui se encolheram atrás da pilastra e esperaram, com medo até de respirar.

— Aquela dona é maluca. Viu como ela se esgoelava e se sacudia?

— Tive que me segurar para não dar uma chuchada no bundão dela quando ela passou perto de nós.

— Você é doido. Aquela gente toda caía em cima de nós e nos massacrava. É tudo cumpincha dela.

— Nem todos. Vi colegas nossos disfarçados de paisanos. Foi ordem do chefe. Mandou eles entrarem na procissão para tomar nota dos nomes. Isso vai dar panos.

— Vai nada. Ele só quer impressionar. O que é que ele pode fazer contra a mulherona?

— Dizem que ela não tem força.

— Vá atrás disso.

— Quando o chefe tomar conta, ela sobra. Dizem que ele não gosta de cantorias.

Essas foram as últimas frases que Mogui e Genísio ouviram, porque os merdecas já iam longe. Quando se convenceu de que não havia mais perigo, Genísio puxou Mogui do esconderijo, acendeu o rolo e os dois retomaram a caminhada, agora mais depressa.

— Por que a gente se escondeu? — perguntou Mogui, quase correndo para alcançá-lo.

— Eles devem estar me procurando também.

— Por quê? O que foi que você fez pra ser procurado?

— E é preciso ter feito alguma coisa?

— Então como é que você sabe que está sendo procurado?

— Aqui quem não está procurando está sendo procurado. E até provar que não fez nada, fica mofando nas enxovias. Se não morrer antes.

— Não acredito.

— Então experimente. Se disfarce de uma pessoa qualquer, corte o cabelo, vista uma roupa simples e dê uma volta pelos porões de noite.

— Se é assim, vou contar pra minha mãe.

— Acha que ela não sabe?

Mogui não respondeu, eles continuaram a caminhada calados. O medo que Genísio sentia acabou afetando Mogui, ela se assustava com qualquer sombra lançada pelo rolo nas paredes. Quando estavam quase alcançando os degraus para o primeiro andar, tiveram que se esconder num ângulo escuro e apagar depressa o rolo. Duas pessoas vinham descendo os degraus aos pulos, cada uma com um rolo aceso.

— Andreu! — gritou Mogui saindo do escuro.

— Onde você esteve? Íamos procurar você. Mamãe está preocupada.

— Fiquei para trás com Genísio.

Genísio apresentou-se com cara de culpado.

— Me admiro você, Genísio. Não sabe que é perigoso andar por aí de noite?

— Foi bom, Andreu. Fiquei sabendo de muita coisa — disse Mogui.

— Vamos embora. Mamãe está nervosa. Obrigado pela ajuda, Dogo. Pode ir agora — disse Andreu ao amigo que o acompanhava.

Quando o rapaz se distanciou, Mogui disse:

— Precisamos muito conversar, Andreu. Eu, você e mamãe.

Quando os dois irmãos ficaram sozinhos com a mãe, Mogui pediu licença para Genísio também participar da conversa. A Simpateca vetou: se era assunto de interesse da família, não devia ser tratado na presença de estranhos. Andreu concordou com a mãe, Mogui insistiu:

— Ele sabe de muita coisa importante que nós não sabemos. Acho que ele deve vir para esclarecer.

A mãe pediu a opinião de Andreu, ele pensou e disse que tanto fazia.

— Então chame o imprescindível Genísio — disse a Simpateca.

Todos reunidos, Genísio brincando com o Ringo numa ponta do sofá, Mogui começou:

— Mãe, ouvi uma coisa horrível hoje. Eu e Genísio nos escondemos de dois merdecas no porão, eles passaram por nós conversando, um disse que quando Gregóvio tomar conta, a senhora vai sobrar porque ele não gosta de cantoria.

O peito bojudo da Simpateca cresceu mais ainda, ela bufou, respirou forte, e quando pareceu que finalmente ela ia falar, alguém bateu na porta. A Simpateca se conteve, Andreu foi atender.

— Não abra sem saber quem é — recomendou a Simpateca.
Era Zinibaldo, que entrou apressado, contrariando seus hábitos comedidos.

— Ah, seu Zinibaldo — disse a Simpateca se abanando com um dos muitos panos que pendiam de seus ombros e braços. — O senhor veio em boa hora. Sente aí e escute esta.

— Não sei se estamos em boa hora — disse o senesca.

— Que cara é essa, seu Zinibaldo? Morreu alguém?

— Ainda não, mas pode morrer. O Simpatia não está bem.

— É sério, ou é mais um daqueles achaques? — perguntou a Simpateca.

— Dr. Bolda acha que é sério.

De repente o Simpatia ficou sendo uma pessoa muito importante, que não podia morrer assim de uma hora para outra. Mãe e filhos se olharam alarmados, se consultando, pensando. A Simpateca quis saber se a notícia havia se espalhado.

— Ainda não. Vim comunicar à senhora primeiro.

— E o Porco Pelado?

— Acho que o senesca Gregóvio ainda não sabe. A menos que...

— E se esse a menos aconteceu?

— Já andei tomando umas providências. Quanto a isso a senhora pode ficar tranquila.

— Que providências, seu Zinibaldo?

— Gente nossa foi posta de sobreaviso.

— Veja lá, seu Zinibaldo. O homem é finório. Sabe o que andam dizendo aí pelos porões? Que quando o Porco, digo, o senesca Gregóvio tomar conta, eu vou sobrar. Como é que o senhor interpreta isso?

— Dona Antília, conversa de porão deve ficar no porão.

— Desculpe, seu Zinibaldo, mas acho que conversa de porão deve ser levada em conta — disse Mogui. — O homem falava com convicção, e disse também que mamãe não tinha força.

— Logo veremos quem tem força — disse Zinibaldo.

— Fale aquela outra coisa, dona Mognólia — lembrou Genísio lá do seu canto. — Aquilo dos espiões na procissão.

— Ah, é. Um deles falou que Gregóvio mandou espiões se misturarem com a procissão para tomar nota das pessoas que compareceram.

— Está vendo, seu Zinibaldo? O homem é perigoso. É meticuloso. Pensa em tudo. Todo cuidado é pouco — disse a Simpateca.

— Nós também não estamos dormindo — disse o senesca. — Temos gente nossa tomando notas também.

— E o senhor confia nos nossos?

— Até onde o outro lado confia nos deles.

— Muito tranquilizador.

— Dona Antília, esse problema sempre existiu, em todos os tempos e em todos os lugares. Temos gente nossa infiltrada no outro lado. Nosso trabalho não começou hoje.

— Quem está comandando o nosso lado?

— Gente boa.

— Gente boa. Tomara que seja. Então posso continuar cantando?

— Pode, mas não por enquanto. Com o Simpatia gravemente doente, vai pegar muito mal.

Enquanto o Simpatia lutava contra a morte em seu leito recendendo a mijo, as forças adversárias iam tomando posição para o confronto. Antes de sair, Zinibaldo sugeriu que Andreu e Mogui passassem a noite com a mãe, e avisou que ia mandar um grupo de confiança para protegê-los.

— Não confio em merdecas — disse a Simpateca. — Eles estão todos com o Porco.

— Não são merdecas. E fiquem de sobreaviso. Esta pode ser uma noite agitada. Não abram para ninguém, a não ser com a senha da coruja — e explicou o que era a senha da coruja.

Dali ele seguiu para a Sala dos Alfarrábios, que estava sob sua guarda e onde ele costumava se encontrar com Mamede e com um ou outro dos rapazes que batiam o campongue à noite no trabalho de contatos e articulações. Mamede já o esperava com dois rapazes, e foi logo passando as últimas informações. Gregóvio estava cercado, e se por acaso seus homens furassem a primeira linha, o azeite e as palhas estavam preparados e escondidos numa segunda linha de cerco, era só atear fogo. As patrulhas de merdecas também estavam respondidas na proporção de um para dois. Mas havia um problema: não deviam contar com Benjó, ele só parecia interessado em recuperar suas botas e seus pertences outros e voltar para o emprego na estrebaria.

— E o quilombo?

— Fizemos uma triagem. Os casos duvidosos vão ficar lá fechados no escuro.

— Quantos sobraram?

— Cento e noventa e dois.

— Contra cento e trinta merdecas.

— É. E mais o pessoal da administração. E o Conselho?

— Dividido. Quatro ou seis gregovianos, quatro indiferentes, cinco legalistas.

Ouviram um ruído na porta, Mamede e os dois rapazes se esconderam, Zinibaldo foi atender. Deu o sinal combinado, lá de fora veio a senha. Era Orontes com dois homens.

— Algum contratempo? — perguntou Zinibaldo.

— Não. Tudo certo.

— Então qual o motivo da visita?

— Trago uma proposta já aprovada por Juruá. Só faltam os votos seu e de Mamede.

— Vamos ouvir a proposta, não é, Mamede? — disse Zinibaldo alteando a voz.

— Ele está aqui? — perguntou Orontes alarmado. — Isso é perigoso. Três cabeças num lugar só. Vamos votar rápido e nos separar. A proposta é esta: temos completo controle da situação; por que não atacamos logo, em vez de esperar que eles tomem a iniciativa?

— Eu aprovo — disse Mamede. — Já pensei nisso. Ele está condenado mesmo, pra que ficarmos dando corda?

Zinibaldo pensou, os outros esperando.

— A proposta tem lógica, e é tentadora — disse afinal. — A gente ataca de surpresa, ganha a parada. Mas suponhamos que o Simpatia se recupere mais uma vez? Como é que íamos ficar perante a lei?

— Não me leve a mal, seu Zinibaldo — disse Mamede. — Se o Simpatia se recuperar mais uma vez, a gente desmobiliza e o perigo continua. Daqui a um mês, dois, ele torna a ter um troço, e aí os ventos podem estar contra nós.

— Posso falar? — perguntou um dos rapazes. Zinibaldo deu permissão. — O seguinte. Mesmo o Simpatia se recuperando, ele vai continuar inválido. Por que não renuncia, ou não é declarado incapaz? Aí o filho assume num esquema novo.

— Já há um pensamento no sentido da declaração de incapacidade — informou Zinibaldo. — Mas isso depende do Conselho, e lá estamos em minoria.

— Porra pro Conselho — disse o rapaz. — Aqueles velhinhos ficam lá catando pulgas e não sabem o que se passa cá fora. Com exceção do sr. Zinibaldo, é claro.

A linguagem desabrida do rapaz causou mal-estar na sala, mas a única repreensão foi o silêncio constrangido. Por fim, Zinibaldo falou:

— Compreendo a sua impaciência, mas o Conselho é que dá legitimidade. Se fosse caso de sucessão por morte, o Conselho teria que aprovar. Mas por incapacidade...

— Então por que o merda não morre logo? — disse o rapaz.

— Pode ser que morra esta noite — disse Orontes dando força, antes que alguém censurasse a explosão desrespeitosa.

— Por mim, eu fazia de conta que já morreu, e soltava o pau hoje mesmo — disse o rapaz, cada vez mais empolgado.

— Vamos fazer o seguinte — disse Zinibaldo. — Eu estou em minoria, de qualquer forma sou voto vencido. Vocês me dão um prazo de duas horas para pensar?

— Vamos perder duas horas? É muito tempo — disse Mamede.

— Preciso saber como está o Simpatia.

— Pra isso basta meia hora — disse Mamede.

Zinibaldo pensou e disse:

— Darei o meu voto em meia hora.

— Como vamos saber? — Orontes perguntou.

— Pela flauta em minha janela. Três notas longas, sim. Uma nota só, não.

— Espere aí. Isso é bobagem — disse Mamede. — É muito apego às formalidades. Já temos três votos a favor, não precisamos de mais. Se ele quiser nos acompanhar, ótimo. Se não quiser, atacamos assim mesmo. Não está certo, sr. Zinibaldo? O senhor como jurista deve saber.

— Está certo. Mas eu queria que tivéssemos unanimidade. Voto com vocês, e seja o que Deus quiser.

O senesca Gregóvio também estava ativo, e muito. Quando soube que o Simpatia tinha tido um ataque, deduziu que aquela noite ia ser decisiva, e começou a agir. Primeiro destacou o maior número possível de merdecas para postos longe do seu quartel-general, que certamente seria cercado por forças de Zinibaldo. A estratégia da palha incendiada fora descoberta por seus espiões, mas o plano de molhar a palha não foi executado logo para não alertar os legalistas; que eles pensassem que estavam bem preparados.

E os desordeiros que se preparavam para fazer tumulto nas imediações dos aposentos do Simpatia iam aprender uma lição inesquecível — os que sobrassem para aprender alguma coisa. Eles pensavam que se ocupassem todos os espaços primeiro, ficavam com a vitória garantida. Como eram ingênuos! Briga, luta, guerra é pra quem tem vocação, e nem é preciso ser inteligente. Basta ter vocação e não ter preguiça. Uma descoberta que Gregóvio tinha feito era que toda pessoa inteligente é preguiçosa. As pessoas inteligentes veem as coisas com clareza mas não tiram vantagem disso — por preguiça. Parece que inteligência é uma coisa muito cansativa. Eles armam tudo muito bem armado, mas só até um ponto. Daí para diante ficam cansados e vão dormir, em vez de perguntarem: e se isso não der certo, ou for anarquizado pela burrice da outra parte? Para ser bom na guerra é preciso contar também com a burrice do adversário.

A burrice que ia anarquizar tudo era a cavalaria que ia aparecer de repente dando chuçadas e bordoadas a torto e a direito, pisando, sapateando e encantoando gente contra as paredes, e só o espanto de ver um piquete de cavalaria avançando a galope em lugar fechado, subindo escadas, arrebentando portas, entrando em quartos, já era suficiente para deixá-los paralisados e batidos. Que adiantava a superioridade deles em número? Então, pensando bem, se numa briga ou numa guerra um burro derrota um inteligente, para que serve a inteligência? Para fazer discursos, escrever arrazoados, falar bonito. Ainda bem que Zinibaldo e sua gente eram inteligentes.

Quem não tem as vantagens da inteligência, quem não sabe falar bonito nem escrever dentro da gramática precisa fazer das tripas coração e se empenhar fundo, pensar em tudo o que pode acontecer, e se preparar para os contragolpes. Quem sabe se nesse assunto de guerra, inteligência e burrice não trocam de lugar? Por exemplo, no lugar dele um senesca inteligente teria prendido o Benjó há muito tempo. O homem era perigoso, estava fugido, o esconderijo dele era conhecido. E era mau exemplo para a juventude que o estava admirando por ter escapado da barrica. Prender o Benjó era até uma glória. Mas se ele tivesse prendido o Benjó logo que descobriu o seu esconderijo, não teria levantado o plano todo dos conspiradores do quilombo e a articulação deles com a facção de Zinibaldo. Se ele fosse inteligente como Zinibaldo, Orontes, Mamede, estaria correndo grande perigo agora.

Gregóvio precisou encerrar o jantar e interromper esses pensamentos porque o ajudante apareceu para avisar que havia muita gente na sala para falar com ele.

— Parece que todo mundo tem pressa hoje — ele disse, olhando a travessa de mandioca cozida que a gruma tinha acabado de deixar na mesa. — E logo hoje, que a sobremesa é mandioca com melado. — Levantou-se com pena, limpando a boca. — Mas isso é bom é quentinho, fumegando. — Não resistindo, serviu-se de uma boa porção, despejou melado em cima, apanhou um garfo e saiu equilibrando o prato na palma da mão esquerda, com a direita amassando a mandioca e misturando com o melado. Será que o Zinibaldo já tinha provado aquela mistura? Vai ver que não, a sobremesa dele devia ser fios de ouro, ambrosia, manjar, essas finuras.

Gregóvio sentou-se à mesa de trabalho com o prato na frente e começou a comer garfadas da pasta de mandioca com melado, enquanto os homens olhavam constrangidos.

— Me deem um prazo aí. Está muito bom. — Uma garfada nutrida, mastigada com gosto. — É mandioca-cacau. Fui eu quem trouxe pra cá. Ninguém conhecia. — Outra garfada meticulosamente preparada e bem servida. — Essa ninguém tira do chão puxando a rama. É preciso cavar fundo. Como é, ninguém vai falar? Eu escuto é com os ouvidos. Quem tiver alguma coisa importante a dizer vá falando, que é pra gente ganhar tempo.

Um magrelo, de cabeça miúda e nariz pontudo, que ele tinha o hábito de empurrar ora para um lado ora para o outro, como se o nariz o atrapalhasse em alguma coisa, se aproximou e ficou parado diante de Gregóvio, que continuava amassando mandioca e misturando com melado, muito atento a esse trabalho. O homem pigarreou para indicar que estava ali. Sem olhar para ele, Gregóvio disse:

— Fale, Passarinho. Você não veio só pra me ver comer, veio?

— Não senhor. É o seguinte. Estamos ferrados.

Gregóvio continuou amassando mandioca, parou para retirar um pavio que estava atrapalhando, levantou-o entre dois dentes do garfo e depositou-o na beirada do prato.

— Estamos ferrados. Quem ferrou?

— A cavalaria não pode sair.

Agora Gregóvio achou que devia prestar mais atenção.

— A cavalaria não pode sair?

— Não senhor.

— E por que você não fala tudo de uma vez? Parece cabrito; cagando às pelotinhas.

— Sim senhor. A cavalaria não pode sair porque cortaram as barrigueiras das selas.

Gregóvio largou o garfo no prato, descansou as duas mãos na mesa, fechou os olhos, respirou fundo. De repente a sobremesa tão apreciada perdeu o gosto, ou ele perdeu a vontade de comer.

— Fale de novo, devagar — ele disse, ainda com os olhos fechados e sem se mexer.

— Sim senhor. Cortaram as barrigueiras das selas. Não escapou uma.

— Mas já emendaram, não já?

— Fizeram um trabalho completo, chefe. Cortaram a alça que prende a barrigueira na sela, e levaram as barrigueiras.

— Vamos fazer outras. Depressa.

— Não tem com quê.

— Cortem as caronas.

— Levaram as caronas.

Aí Gregóvio desistiu de aparentar calma e lançou um murro na mesa.

— Filhos das putas. Nos ferraram mesmo.

— Foi o que eu disse, chefe.

O Simpatia estava mal mesmo. Qualquer coisa que ele comera, ou qualquer coisa que já o vinha roendo havia muito tempo, imprensou-o numa crise grave naquela noite. O dr. Bolda, médico competente, na medida em que um médico de acampamento, sem nenhum contato com o exterior, pode ser competente, ia fazendo o que podia para resolver o caso. Primeiro providenciou uma sangria, uma operação difícil, aquele braço muito magro, branco e murcho, parecendo braço de cera, desses que as pessoas crentes depositam num altar para pagar promessa, só que era todo mole, cadê as veias, o doutor procurava, apalpava, dava tapinhas, espremia, nada de aparecer veia, esse raio de homem parece que não tem veia, como é que pode, não admira que seja tão empalamado e lerdo e incapaz de manter conversa.

Cansado de procurar veia, o doutor resolveu enfiar a agulha a esmo, enfiar e ir puxando, se saísse sangue farto, estava na veia, e assim fez: espeta, puxa, nada de sangue; espeta, puxa, nada; espeta de novo mais para um lado, finalmente a seringa foi se enchendo de um sangue feio, uma tinta rala com laivos amarelados, mais parecia caldo de amora. O dr. Bolda retirou duas quantidades, depois mandou darem um escalda-pés bem esperto e deixarem o homem dormir.

— Dormir até quando, doutor? — perguntou a gruma, que não estava gostando de ter de passar a noite em claro ao lado do Simpatia, com todo aquele zum-zum que andava pelos corredores.

— Até quando der. Quanto mais, melhor.

Quando o doutor disse isso, o Simpatia já estava longe no sono, viajando por uma estrada desconhecida, que parecia nunca ter fim. Dois homens o iam levando para ser benzido por uma velha famosa nesse serviço. Ele precisava ser benzido porque nascera com um calombo enorme de um lado da cabeça, acima da orelha. Em vez de desaparecer com o tempo, como pensaram os pais, o calombo se transformara numa espécie de chifre, consistente mas não rígido, tanto que dobrava quando forçado para um lado, e voltava à posição anterior quando cessava a força. Algumas pessoas achavam que aquilo podia ser extirpado facilmente estrangulando com um cabelo de rabo de cavalo, outras achavam que era perigoso, podia causar hemorragia, ou deixar um buraco permanente na cabeça, por onde poderia até entrar moscas, besouros, aranhas, lagartixas. Entre essas opiniões contraditórias os pais não se decidiam, e o menino já ia completar quatro anos.

Foi quando apareceu essa benzedeira chamada mestra Faustina fazendo toda espécie de trabalhos fortes e diziam que até milagres. Um homem que falava grunhindo como porco fora benzido e ficara bom. Um menino que se levantava de noite para comer pintos e frangos crus também deixara o vício em pouco tempo. Uma mocinha que nascera com duas mãos no braço esquerdo perdeu uma, que foi sumindo aos poucos até desaparecer sem deixar sinal. E muitos outros casos de defeitos, vícios, manias, mestra Faustina sarou ou consertou.

O menino ia sendo levado para mestra Faustina benzer ou de qualquer forma livrá-lo daquele chifre, ia sentadinho num travesseiro na cabeça da sela de um dos homens, o outro homem acompanhando para ajudar nas horas de descanso e proteger em caso de necessidade, a região era considerada perigosa para viajantes. Os pais não tinham muito a ver com aquela viagem, apenas permitiram que fosse feita, já haviam se desinteressado da criança, que consideravam uma espécie de punição por seus muitos pecados, e achavam que quanto menos a vissem e se preocupassem com ela melhor para o bem-estar da família; e de qualquer forma, com aquele estranho cone difícil de esconder, e que com certeza iria crescendo à medida que o menino crescesse, o menino nunca poderia suceder o pai na função de mandatário, ninguém iria respeitá-lo e obedecê-lo; dizem que Moisés tinha chifre e mesmo assim foi obedecido por seu povo, mas isso só pode ser lenda.

O menino estava gostando da viagem, era a primeira vez que saía para longe e via tantas coisas diferentes e bonitas, ia perguntando sobre tudo o que via e os homens explicando ou inventando, afinal aquele menino ainda podia ser o senhor deles ou dos filhos deles, e não convinha perder a paciência com ele.

Uma coisa que ele gostou muito e o deixou excitadinho, dando risadas e soltando exclamações, foi quando saíram de um mato fechado e pegaram um trecho descampado e apareceu aquele bando de emas correndo na frente deles numa corrida ligeira e engraçada, as pernas muito compridas dando passos largos, as asas ajudando, os pompons de penas das juntas das pernas tremendo com o vento, as cabecinhas na ponta dos pescoços compridos olhando de um lado para o outro como se movimentadas por algum mecanismo de relógio, e corriam tão combinadas que vistas do alto do cavalo pareciam ondas de plumas avançando pelo cerrado. O menino pedia ao homem que corresse com o cavalo para alcançá-las, mas nem a galope conseguiam, havia momentos em que elas pareciam deslizar sem tocar no chão, e quando viravam a cabeça para olhar para um lado, os olhos mostravam que elas também estavam se divertindo alto com a brincadeira.

— De onde elas vêm? — perguntou o menino.

— São daqui mesmo — disse o homem que o segurava na frente da sela. — Este é o cerrado das emas.

— O que é que elas comem?

— Toda raça de bichinhos. E sementes também.

— E nascem como?

— Acho que nascem em ninhos aí mesmo nessas bibocas.

— Como?

— Não sei bem não. Você sabe, Doca?

— Nascem de ovo. A mãe bota os ovos e choca! É como galinha, passarinho, esses bichos de pena.

— De que tamanho é o ovo delas?

— Ah, é grande. Tem gente que apanha pra enfeitar sala. Mas é preciso esvaziar a substância e deixar só a casca.

— E como é que esvazia sem quebrar?

— Fazendo um buraco com agulha, ou com espinho de laranjeira. Depois chupa pelo buraco. E haja força nas bochechas pra chupar. A gente fica com as bochechas doendo. Depois a gente pega uma linha grossa, ou um cordão fino, lambuza uma ponta com cola e enfia no buraco e deixa secar. Quando estiver seco, já pode ser pendurado na parede, no teto. Tem gente que ainda pinta de várias cores, fica um enfeite muito bonito.

— Eu queria fazer isso. Vamos descer aqui e procurar um ovo?

— Na volta a gente procura.

As emas já iam longe, e quando cansaram da brincadeira foram se separando e sumindo no cerrado, cada uma para o seu ninho, com certeza.

O sol já sumia no horizonte atrás deles, esticando as sombras dos cavalos e cavaleiros e das poucas árvores mirradas e dourando os milhões de partículas daquela poalha que está em toda parte no mundo mas que a gente só vê bem quando o sol pega elas de lado, e é quando também a gente percebe quanto o mundo é cheio de bichinhos de asas, trançando uns com pressa, outros devagar, boêmios sem rumo e sem obrigação, todos vivendo sua vida e cumprindo um papel que deve ser importante porque eles estão aqui respirando o mesmo ar que respiramos, vendo o que vemos, correndo riscos como nós, e não temos nenhum motivo forte para pensar que somos mais importantes.

Quando chegaram ao rio, o mundo já ia tomando aquela tonalidade azul cada vez mais escura que precede a noite. A superfície lisa da água era estremecida de vez em quando pelo bote de um ou outro peixinho para pegar insetos que se arriscassem a pousar. Os dois homens, Doca e Vergílio, desarrearam os cavalos e os amarraram com cabresto comprido, cada um pegou a sua palha de matula, o menino pegou a dele e se sentaram para comer. Do rio subia uma aragem friinha misturada com cheiro de folhas molhadas que arrepiava as perninhas nuas do menino.

— É melhor bater pouso aqui hoje — disse Vergílio. — Amanhã cedinho a gente atravessa, e antes do meio-dia já estamos chegando.

O menino custou a dormir com medo de onça; mas as explicações de Vergílio e Doca de que onça não se arrisca em cerrado, e que nem nos matos ali perto não tinha mais onça há muito tempo, e mais o sono e o cansaço das emoções do dia acabaram espantando o medo, e ele dormiu um sono sadio, até sonhou que o chifre que vinha carregando por tanto tempo tinha caído espontaneamente e rolado para dentro do rio, onde ficou boiando e girando e dando voltas, parecia que com pena de ir embora de vez, até que uma sucuri o abocanhou e mergulhou com ele.

Depois que Vergílio o acordou para esvaziar os intestinos e a bexiga e tomar o café, ele se lembrou do sonho e apalpou a cabeça e ficou desapontado: o chifre estava lá, incômodo como sempre.

O resto da viagem não teve nenhum acontecimento interessante, talvez porque o menino tivesse caído no desânimo que o visitava de vez em quando, e perdido a vontade de conversar, de perguntar, de observar e de rir. Ele não riu nem quando Doca de repente pulou do cavalo e saiu correndo atrás de um tatu que cortou a estrada, disse que ia pegá-lo para a benzedeira assar para eles, o tatu corria em zigue-zague fugindo, dando toda espécie de quinaus no perseguidor, Vergílio ria tanto que teve que descer o menino e apear também para poder rir melhor. E quando Doca conseguiu agarrar o tatu pelo rabo, o bicho já estava com metade do corpo dentro de um buraco, o Doca puxava com as duas mãos, o rabo e o casco parecia que esticavam, mas o bicho mesmo entrava cada vez um pouco mais no buraco. Aí Vergílio segurou a barriga com as duas mãos e ficou dando voltas com as pernas abertas, rindo como um bobo de asilo. Finalmente o Doca largou de mão, e o bicho acabou de sumir no buraco.

— O safado parece que tem mola no corpo — disse Doca, sem graça com as risadas de Vergílio. — Estica mas não solta.

— É por causa das unhas — disse Vergílio quando pôde falar. — Já viu o tamanho das unhas dele? Eles cravam as unhas de lado nas paredes do buraco, e não há força que puxe eles pra fora.

— Vou entupir a entrada do buraco com folha seca e tocar fogo. Quero ver se ele não sai.

— Isso é muita maldade — disse o menino, e foi só o que ele falou durante todo o episódio.

— Faz isso não. Você montou no porco, se conforme — disse Vergílio apoiando o menino.

— Ia fazer não. Mas que dá vontade, dá. Você já comeu tatu?

— Cedoido. Um bicho que come defunto.

— E onde ele acha defunto?

— Eu sei? Desenterra, dizem.

— Vocês não sabem falar outra coisa não? — disse o menino, aborrecido com o rumo da conversa.

— Ele tem medo — disse Doca. — Eu também não gosto de falar de defunto não.

Depois disso ninguém falou mais, e os dois cavalos, um atrás do outro, entraram naquele passo sossegado de animais que não têm pressa quando os donos também não têm. Os cavaleiros não tinham pressa porque o Vergílio ia pensando no desapontamento que o menino ia sofrer quando descobrisse que a benzedeira não tinha força para resolver o caso, ele gostava do menino e já estava pensando no que dizer para consolá-lo quando chegasse a hora. Foi muita maldade ter acontecido aquilo, um menino bonito, sadio, simpático, nascer com aquele chifre sem propósito, dizem que essas coisas acontecem para castigar os pais, e isso é muito errado, cada qual que preste suas contas, lá em cima ou lá embaixo ou aqui mesmo, senão qual é a vantagem de ser inocente?

E o Doca, esse ainda pensava com raiva no tatu, não por ter perdido um assado que algumas pessoas diziam ser delicioso, aliás aquela conversa de Vergílio de que tatu come defunto o deixara meio enjoado, como se já tivesse comido o bicho e agora o estômago começasse a repugnar; o que o deixara com raiva foi a esperteza do sem-vergonha do tatu, e pensando bem devia ter sido engraçado mesmo, um homem de barba na cara ajoelhado no chão, agarrado no rabo de um bicho tão pequeno, fazendo força e não conseguindo aluir o bicho nem um palmo, as mãos já doendo de segurar aquele rabo cheio de nós, e o bicho entrando cada vez mais no buraco, uma vergonha para um homem habituado a derrubar bois pelo chifre. Pensando bem, o fiasco foi merecido porque no fundo o que ele queria mesmo era se exibir para Vergílio e para o menino, mais para o menino, que parecia achar que Vergílio era a pessoa mais competente e sabedora do mundo. Agora ele ficava obrigado a fazer alguma coisa importante para mostrar que não era tão canhoto assim. Mas o quê? Ele precisava pensar nisso devagar para não sair o tiro pela culatra mais uma vez.

E o menino ia pensando no sonho de ontem, tão bom se acontecesse mesmo, se essa mulher de quem falavam tanto soubesse um jeito de fazer aquela coisa cair, como tinha caído tão fácil no sono, sem doer nem soltar sangue, tão fácil que ele nem sentiu, de repente viu que estava livre, de cabeça leve, mas a leveza durou pouco, só o tempo do sonho, que deve ter sido muito curto, mal ele dormiu, Vergílio já estava chamando para o café. Mas a benzedeira ia dar um jeito, tinha que dar; se de todo não desse, ele mesmo ia dar: arranjava um serrote, se escondia e serrava. Diziam que era perigoso, que ele podia morrer; mas para que viver com aquilo, as pessoas olhando e arregalando os olhos, outras desviando o olhar mas não aguentando e olhando de novo, uma coisa muito difícil de sofrer.

Nisso chegaram ao rancho, espantando umas poucas galinhas que ciscavam no terreiro e arrepiando um cachorrinho branco magrelo, de pelo ralo, sarnento, que ficou bufando de longe. Uma arara num poleiro no oitão começou a dizer coisas incompreensíveis e soltar gritos trinados; e animado com isso, o cachorro entrou a latir. Os homens ficaram sem saber se apeavam ou não, estavam avisados de que a benzedeira era esquisita e fazia muita questão de rapapés e formalidades. Finalmente dois olhos branquiços apareceram numa quina do rancho, entre parênteses de cabelos lisos acinzentados. Os cavalos, cansados da viagem, já cochilavam sem ligar aos latidos do cachorro, mas com os rabos trabalhando ativamente contra as moscas que vinham sugar o caldo morno do suor que molhava os flancos deles.

— Ah, o menino do palácio — disse uma voz áspera e fina.

— Vão se apeando, vão se apeando.

Era uma mulher magra, ossuda, nem alta nem baixa, cabelos brancos lisos caindo dos dois lados da cara, saia comprida muito larga para o corpo franzino, paletozinho de flanela muito curto e justo sobre camisa de algodão grosso encardido. A boca murcha só tinha alguns dentes embaixo, e o queixo fino pontudo parecia ter ficado muito tempo em alguma espécie de fôrma para tomar aquela conformação de cunha. Via-se que era velha, mas o rosto não mostrava as rugas a que tinha direito.

Quando Vergílio baixou o menino para o chão, o menino olhou a mulher com medo. Ela percebeu e o tranquilizou:

— Tenha medo de Faustina não, neném. Ela é feia mas não faz mal a ninguém. Quando eu tirar esse murundum de sua cabeça, você vai esquecer que sou feia e vai me abraçar. Como é que o neném chama?

— Estêvão — ele disse depressa para se livrar dela.

— Ah, Estêvão. O coroado. Mas eu vou tirar essa sua coroa logo logo. Você gosta de mexerica, Estêvão? Lá atrás tem um pé carregadinho. Pode apanhar quantas quiser. É só cutucar com a vara. Liga pro cachorro não. O Salomão só sabe latir. E vocês dois aí, querem um café? É de fedegoso. Faço num instante. A água já está fervendo.

Foi tudo fácil. O menino chupou umas mexericas, tomou o café que achou horrível, mas os homens elogiaram e repetiram. Depois do café veio uma refeição precária de arroz, feijão e mandioca, que eles completaram com o resto da farofa que levavam, e que a mulher agradeceu como se fosse uma preciosidade porque era de carne desfiada. E sem esperar que tocassem no assunto, ela explicou:

— Os meus filhos vão ter que falhar uns dias. É por causa da lua. Depois de amanhã é que começa a quadra boa. Faustina não trabalha fora de tempo.

Vergílio e Doca se olharam. Era o jeito. Mas dormir onde? Ela parece que adivinhou, e sugeriu:

— O chifrudinho dorme comigo no rancho, não convém ele apanhar sereno de lua ruim. Os homens dormem no terreiro. — E vendo o desconsolo do menino, completou. — Dorme comigo é maneira de dizer. Você dorme num jirauzinho que eu vou desocupar. Tenha medo não, não vou bolir com você. Faz de conta que sou uma cangalha, ou um jacá. É por causa do sereno mesmo.

Ia ser horrível, mas ele entendeu que ninguém podia fazer nada para mudar. Desde que chegaram, a benzedeira assumira o comando sem que ninguém reclamasse, e quem ia contestar o comando de uma benzedeira famosa?

As ervas foram colhidas, separadas, maceradas. Durante dois, três dias o rancho e imediações andaram envoltos em fumaças de colorido variado e cheiros incomparáveis, tudo criando um clima de festa muito respeitável. Vergílio e Doca andavam pelo terreiro em passos leves, respeitosos, falando baixo para não perturbar sabiam lá o quê, enquanto mestra Faustina só era vista de relance, passando apressada com uma panela fumegante, um manojo de folhas envolto num pano muito alvo, com um pano também muito alvo na cabeça. A comida ela servia rapidamente, falando mais por gestos, não respondendo perguntas, o olhar ora distante ora recolhido, como se estivesse fechando essa saída a qualquer fagulha da chama que ardia dentro dela. O cachorro e a arara deviam estar participando de tudo, ou pelo menos colaborando com o silêncio: um e outra se mantinham calados, comportados, o cachorro deitado na sombra com o focinho entre as patas, às vezes se levantava, espreguiçava, bocejava, olhava o tempo e voltava para a mesma posição; a arara sempre quieta em seu poleiro, torneando a madeira com o bico, ou se catando, ou simplesmente dormitando. A ordem parecia ser a de não perturbar os trabalhos, e eles obedeciam.

E o menino, passada a repulsa inicial, já olhava mestra Faustina com olhos de aceitação, e não mais resmungava para dentro quando ela o chamava de chifrudinho (sai da frente, chifrudinho; tome esta mexerica que descasquei pra você, chifrudinho; vá dar uma volta no córrego pra se distrair, chifrudinho). Isso era melhor do que fingir que não estava vendo o chifre, e o diminutivo como que atenuava o problema. Uma vez, quando ela descansava um pouco do vaivém sentada num cepo no terreiro, olhou-o com uma ternura que o comoveu, um olhar que ele não estava habituado a receber nem dos pais; então ele criou coragem e perguntou, pela primeira vez:

— A senhora acha que vai dar certo?

Ela sorriu um sorriso murcho, feio, mas que não o assustou porque ele já tinha aprendido a ver uma beleza escondida atrás da fachada repelente, e disse em tom casual:

— Já estou vendo esse cupim aí no chão.

Ele teve vontade de saber como, mas faltou coragem para perguntar. Ela devia saber o que estava fazendo, para falar com tanta segurança. E o cheiro repousante que saía das ervas queimadas numa vasilha de barro no terreiro, que ela não deixava de alimentar nem durante a noite, parece que incutia um otimismo crescente em quem o aspirava.

Sentado num banquinho tosco encostado numa parede do rancho, olhando para a grota onde passava o córrego lá embaixo e para os morros mais longe, o menino foi aos poucos se sentindo leve, transparente, como se o ar, a fumaça, aqueles cheiros, os ruídos suaves que vinham do mundo em volta passassem através dele sem encontrar resistência, indo e vindo, acariciando, brincando com ele, convidando. Ele se sentia bem, feliz como nunca tinha sentido, em paz com tudo, nada o preocupava.

Por que não aceitar o convite? Ele fechou os olhos, e mal os fechou estava pairando leve no ar, fazendo parte daquele mundo alegre e radiante que ele acabara de descobrir.

Era um mundo de completa solidariedade entre seres e coisas, tudo se entendendo espontaneamente e mudando instantaneamente de categoria, os pássaros que voavam brincando e pousavam nos galhos, no instante seguinte já eram folhas ou flores, as flores eram pássaros e voavam, o vento brando que soprava nas folhagens de repente não era mais vento, eram sons perfumados, e o menino descobriu que ele também podia se transmudar no que quisesse, bastando pensar nisso e naquilo, e experimentou as sensações de ser passarinho, abelha, folha seca, vento, canto de sabiá, e conseguia tudo isso sem sair do lugar, sentadinho no banco encostado na parede, só fechando os olhos e pensando. O que ele mais gostou foi de ser vento, e como vento viajou pelo alto das árvores, sobre grotas e morros, brincou com outros ventos, soprou nuvens para longe, transportou paina e pólen, e cansado de brincar foi dormir num fundo de grota.

Mas foi um semissono. Enquanto uma parte dele dormia, outra tinha consciência do que acontecia. Assim ele viu quando mestra Faustina se aproximou dele de mansinho, curvou-se para olhá-lo no rosto; depois fez sinal para Doca e Vergílio, que estavam sentados em tamboretes na sombra de um limoeiro, um enrolando pachorrentamente um cigarro, o outro chupando uma tangerina gomo a gomo, sem pressa, e espirrando as sementes com os dedos na direção da arara. Os dois vieram também de mansinho, olharam. Vergílio disse baixo:

— Tadinho. Dormiu sentado.

— Vocês dois levem ele com jeito para o jirauzinho lá dentro, e saiam.

Vergílio sozinho levantou-o delicadamente, pegando-o com

um braço por baixo do joelho, o outro braço nas costas, e levou-o para dentro. Doca e mestra Faustina foram atrás. Mestra Faustina ajudou Vergílio a acomodar o menino no jirau, com o lado do chifre para a beirada. Mestra Faustina foi ao fogão, mexeu nos tições para avivar as brasas, que estalaram em fagulhas no cômodo acanhado; pegou o embrulho de pano muito alvo que estava numa gamela na prateleira perto do fogão, abriu, tirou uns ramos murchos, e antes de jogá-los sobre as brasas pediu:

— Agora me deixem sozinha com ele.

Vergílio e Doca saíram. Ela encostou a porta, deu mais uma olhada no menino, pôs os ramos sobre as brasas. Uma fumaça azulada subiu e se espalhou pelo quarto. Murmurando palavras incompreensíveis ao menino, ela destampou um pote de barro que estava na chapa do fogão, mexeu lá dentro com um pedaço de madeira branca lavrada; pegou outro pedaço de pano muito alvo de dentro da gamela das ervas, abriu-o e mergulhou-o no pote, afundando e tirando até embebê-lo no líquido encorpado. Segurando o pano por dois cantos, abanou-o aberto para esfriá-lo um pouco, dobrou-o em três ao comprido e enrolou com ele o chifre do menino. Voltou ao fogão, pôs mais uns ramos nas brasas e sentou-se num tamborete ao lado do jirau, rezando e benzendo a cabeça do menino com outro ramo. De repente ela teve um estremeço forte, levantou-se, depositou o ramo ao lado da cabeça do menino, saiu e fechou a porta.

Vergílio e Doca, que estiveram impacientes o tempo todo, a receberam com olhares indagativos, mas mestra Faustina passou por eles como sonâmbula e sumiu-se no mataréu do quintal. Desapontados e respeitosos, eles voltaram para seus tamboretes debaixo do limoeiro. Depois de algum tempo calados, Doca perguntou:

— Que é que você acha?

Vergílio encolheu os ombros e disse:

— Dizem que ela tem muita força.

Quase duas horas depois, a tarde já chegando ao fim, mestra Faustina reapareceu como era antes, trazendo uma melancia debaixo de um braço e uma moranga debaixo do outro. Disse que tinha ido dar uma olhada no feijão e no milho, que andaram abandonados nos últimos dias.

— Seu Vergílio, vá abrindo esta melancia pra gente, enquanto cozinho a moranga pra janta.

Nenhuma palavra foi dita a respeito da benzeção, nem eles provocaram o assunto. Só depois que foi lá dentro dar uma espiada no menino antes de começar a cuidar da comida, mestra Faustina informou que ele ia muito bem, dormia como anjo. Vergílio e Doca se olharam, nenhum levou a conversa adiante.

— Acho que vou matar um frango. Ele vai acordar com muita fome — disse a benzedeira.

Aí então Doca, o mais despachado, resolveu perguntar:

— Já livre do chifre?

Mestra Faustina, que já descascava uma banda da moranga, fez cara de contrariedade e respondeu sem pressa:

140

— Os trabalhos estão feitos. Agora é esperar.

— Esperar o quê? — insistiu Doca.

— Esperar — ela repetiu secamente, e foi pôr a moranga para cozinhar no fogão de trempe ali mesmo no terreiro. Trabalhando calada, sem perder tempo, ela jogou um punhado de milho para as galinhas, escolheu um frango com dificuldade porque não gostava de matar criações, e uma vez escolhido fez o que devia fazer: atirou um porrete de longe, que o alcançou no pescoço. O bicho ficou dando pinotes no chão, caído de lado, batendo a asa livre, assustando as outras galinhas, que fugiram em escarcéu para o mato. Mestra Faustina apanhou o frango depressa, e sem pensar agarrou-o pelos pés com uma mão, pela cabeça com a outra, puxou forte, usando um lado do corpo como apoio. Ouviu-se um tloc, o frango expirou.

Mestra Faustina escaldou-o com água fervente, depenou, abriu, limpou, jogou as tripas no pote de refugos de fazer sabão. Quando o desmembrava para refogar, parou de repente e escutou. Largou a gamela no banco, limpou depressa as mãos num pano de cozinha e correu para dentro do rancho. Doca e Vergílio se levantaram para acompanhá-la, ela fechou a porta antes que eles a alcançassem. O jeito então era eles comerem mais um pedaço de melancia e continuarem aguardando.

Vergílio, sempre caladão, parecia o mais preocupado, afinal era o responsável principal pelo menino e tinha que dar contas aos pais do que acontecesse, se bem que achasse que os pais estavam pouco ligando; e ele gostava do menino, tinha pena dele e não queria que ele sofresse mais do que já sofria com aquela condenação.

Com o pedaço de melancia nas mãos, pingando caldo na roupa sem que ele notasse, Vergílio olhava para o chão, pensativo, enquanto o Doca, incrédulo e desinteressado, ia comendo a sua fatia e cuspindo os caroços longe. Lá de dentro não vinha nenhum ruído, o que dificultava qualquer tentativa de deduzir o que pudesse estar acontecendo.

— Não quero jogar areia nesse quibebe, mas estou pondo fé não — disse Doca para puxar assunto. — Se fosse um doutor formado, com aquela faquinha lá deles, cortando nos lugares certos, ainda podia ser. Reza, benzeção, erva? Acho custoso.

Vergílio continuou calado, olhando para o chão. Ele gostaria de poder retrucar, não tinha munição. Discutir sem trunfos não era com ele.

— Essas benzedeiras têm muita fama, mas só de ouvir dizer. Eu cá nunca vi nenhuma cura de cair o queixo, quero dizer, de uma pessoa chegar desenganada e sair boa. Tenho ouvido dizer que uma pessoa lá no não-sei-onde chegou entrevada e saiu dando salto-mortal, ou que chegou cega e saiu enxergando. Mas quando você quer saber o nome dessa pessoa, e onde mora, ninguém diz com certeza. Isso é mais é, ó — e bateu na garganta para indicar o que ele pensava do assunto.

Vergílio levantou-se, espreguiçou-se e disse:

— Vou lá no córrego apanhar um pote d'água pra mestra Faustina. É melhor do que ficar aqui dando nó no vento.

Nesse momento a porta do rancho se abriu e mestra Faustina apareceu gritando:

— Venham ver, venham ver, gente descrente! Deus seja louvado! Jesus Cristo seja louvado! São Lucas seja louvado! São Lázaro seja louvado! Todos os santos sejam louvados!

Doca e Vergílio entraram a medo no rancho já escuro, enquanto mestra Faustina acendia o candeeiro. O menino continuava deitadinho no jirau, ainda dormindo, e a princípio Doca e Vergílio não viram motivo para tantas louvações. Mas logo o menino se mexeu, virou a cabeça para o canto e a luz do candeeiro iluminou o lado do chifre, e só o que se via agora era uma grande mancha avermelhada, com alguns pontinhos escuros aqui e ali, lembrando sardas. Era uma clareira no cabelo, do tamanho de um abacate grande. Doca arregalava os olhos, tapava a boca com a mão, como se penitenciando, olhava disfarçadamente por todo o jirau, para o chão, parece que procurando alguma coisa. Mestra Faustina percebeu a curiosidade, e explicou:

— O chifre está enrolado no pano das ervas, vou enterrar amanhã ao nascer do sol.

— E o menino pode se levantar? — Vergílio quis saber.

— Poder, pode. Mas não convém apanhar sereno por hoje. Vamos deixar ele dormir até gastar o sono. Enquanto isso, eu acabo de fazer a janta.

Isso se passara há muito tempo, tanto tempo que ele não se lembrava mais de tudo, só de pedaços. Lembrava-se da chegada em casa e do contraste entre a alegria dele de estar voltando com a cabeça leve e o desapontamento dos pais, que pareciam preferir vê-lo chifrudo. Agora ele estava ali com chifres por todo o corpo, impossibilitado de se mexer e até de pensar direito, mas percebendo o que se passava em volta, ouvindo a conversa cochichada das pessoas, os estalos das juntas dos pés quando elas andavam pelo quarto, por que não paravam num lugar, em vez de ficarem andando e fazendo aquele barulho de esqueletos ressecados, que não o deixava dormir? Ele só queria dormir, dormir muito, como dormira naquele rancho e acordara de cabeça leve, apalpara a cabeça e sentira que estava livre do murundum, mas só acreditara mesmo ao se olhar na gamela d'água que a velha bondosa cujo nome ele esquecera trouxe para servir de espelho. Quem sabe se ele dormisse agora o milagre se repetia e ele acordava livre daqueles estorvos que haviam brotado por todo o corpo, um para cada pecado, e o impediam de se virar, de se acomodar, de se levantar? Onde estava a benzedeira com seus resmungos, com os ramos de fazer fumaça, com os panos fumegantes para enrolá-lo e livrá-lo daquelas cunhas? Por que o quarto estava tão comprido, tão sem fim, e as pessoas lá longe, olhando para ele e cochichando? Ele quis chamar a benzedeira mas esquecera o nome, esquecera o nome dos homens que o haviam levado, esquecera o nome do lugar.

— Salomão! — ele gritou o mais alto que pôde. — Salomão! Salomão!

As pessoas continuavam longe, olhando e fingindo que não ouviam. Ele continuou gritando, mais por capricho, sem esperança de ser atendido, nem ele mesmo se ouvia, mas gritou até perder as forças, e só a mente continuou comandando sem ser obedecida, e finalmente desistiu também, ou se cansou.

Daí por diante não viu mais nada, nem estava interessado.

A notícia se espalhou por vias misteriosas, e num instante alcançava todos os recantos do campongue. E agora? — era a pergunta que todos faziam para fora e para dentro, e ninguém tinha respostas. Não era segredo a rivalidade entre os senescas, uns apoiando a sucessão normal e tranquila, outros querendo uma ruptura com a tradição, e sabia-se que a corrente tradicionalista, ou legalista, era chefiada pelo senesca Zinibaldo, e que a outra seguia o senesca Gregóvio. Era esperado um choque entre as duas correntes, e isso assustava. A maioria das pessoas achava que não tinha nada com isso e arranjava desculpas para não sair de suas tocas, ninguém queria ser apanhado fora de casa pelo quebra-pau iminente nem ser pressionado para tomar partido; mais tarde, quando a situação estivesse definida, aí sim, todos sairiam em passeata para apoiar o lado vencedor, dando vivas a Gregóvio ou a Zinibaldo; por enquanto, era melhor ficar nas encolhas aguardando o desfecho.

Mas havia um problema: as notícias. Como saber o que acontecia no campo de batalha, saber quem estava levando vantagem? Era importante saber, porque havia uma série de preparativos mais ou menos demorados — desenhar as faixas, bolar os dizeres para os cartazes, as frases a serem gritadas na passeata, e isso toma tempo, não se decide em poucos minutos; e quem aparecesse em público primeiro, com tudo organizado, dando a impressão de que já esperava o resultado, poderia ter o nome anotado para recompensas.

Quando o Simpatia fechou os olhos, Zinibaldo já havia saído disfarçado de coringa para se encontrar com o seu estado-maior no lugar combinado. Depois de uma conversa com o dr. Bolda ele ficara sabendo que o Simpatia não passaria daquela madrugada, e saiu para tomar providências.

Gregóvio também tinha meios de informação eficientes, e recebeu a notícia minutos depois do fato, mas com uma falha: o informante não soube dizer onde estava Zinibaldo. Isso desconcertou Gregóvio; mas ele apenas disse:

— O bedamerda é finório, mas eu sou mais. — Virou a cabeça para trás e gritou: — Ziriaco! Manda soltar a cavalaria. — E falando para ele mesmo, com um sorriso malévolo: — Eles vão levar o maior susto. É para aprenderem a não fazer pouco do Porco Pelado. Logo vamos ver quem é que vai ficar pelado.

O informante, ainda em posição de sentido na frente do senesca, achou que devia colaborar, e falou:

— Isso mesmo, chefe, ensina eles quem é Porco Pelado.

O senesca respirou fundo, olhou para o informante, apertou os olhos e os lábios, e disse:

— Você disse o quê?

O homem bambeou, perdeu a fala.

— Repete.

— Chefe, eu não disse nada. Só falei pra dar uma lição neles.

— Você me ofendeu. Recolha-se preso.

O homem ficou branco, gaguejou, suou frio, piscou repetidamente; e não sabendo o que dizer, perdeu a compostura, quis beijar a mão do senesca, não alcançou por causa da mesa; recuou e caiu de joelhos implorando piedade, pediu que mandasse fazer qualquer coisa que ele fazia, era só mandar.

O senesca teve uma ideia:

— Plante uma bananeira aí na sala.

O homem levantou-se rápido, escolheu um lugar; ajoelhou-se, encostou a cabeça no tapete, tentou uma, duas, três vezes até que conseguiu erguer o corpo, esticar as pernas para cima e se equilibrar sobre a cabeça. Dos bolsos foram caindo coisas — alguns níqueis, um cachimbo de barro, um vidro de comprimidos, uma latinha de pomada, um embrulho engordurado contendo comida, carne ou queijo, um caco de espelho. Ficou assim cerca de um minuto, depois baixou as pernas e levantou-se, fungando, com o rosto vermelho.

— Quem mandou sair? — perguntou o senesca, que o observava da mesa fingindo cuidar de outra coisa. — Vai ficar aí até segunda ordem.

Depressa o homem voltou a plantar a cabeça no chão e erguer as pernas, a calça muito larga despencando até quase o joelho e deixando ver duas pernas fininhas cheias de nós e manchas de feridas. Do rosto cada vez mais vermelho devia estar escorrendo suor para os olhos, porque o homem não parava de abri-los e fechá-los. As outras pessoas que estavam na sala evitavam olhar, mas olhavam de esguelha para não se traírem mostrando alguma piedade e com isso chamarem a ira do senesca. Pelas tantas, o homem começou a tremer e bambear, perdeu o equilíbrio e caiu de costas; rapidamente se virou de bruços, ajoelhou-se, encostou a cabeça no chão e voltou à posição antiga.

Um homem entrou apressado, parou um instante olhando a cena, refez-se depressa e deu sua parte:

— Convém a gente esquipar enquanto é tempo, chefe.

O senesca olhou-o com os olhos apertados, respirou fundo para aparentar calma, e falou:

— Se acalme e fale direito.

— Tudo perdido, chefe.

— Não pode. E a cavalaria?

Outras pessoas entraram esbaforidas, tantas que a sala ficou logo quase cheia. Alguém esbarrou no homem que estava de castigo, derrubou-o e ninguém prestou atenção; e ele mesmo, vendo a agitação em volta, não se preocupou em voltar à posição antiga. Com tanta gente falando ao mesmo tempo, o senesca deu um berro exigindo silêncio.

— E a cavalaria? Por que não saiu?

— Saiu mas caiu. Não ficou um cavalo em pé. Os corredores estavam coalhados de bolinhas de barro. Muitos cavalos quebraram a perna, outros não podem andar por causa das bolinhas enterradas no fofo das patas.

— Deu tudo errado, chefe. Temos que se mandar enquanto é tempo. Estão prendendo todo mundo dos nossos.

O senesca abriu uma gaveta, puxou uma garrucha de dois canos e berrou:

— Ninguém vai se mandar. Seus covardes. Pensam que é assim? Se alistam comigo, dizem que é para o que der e vier, comem do bom e do melhor, colocam os parentes em bons empregos, andam pelo campongue arrotando prestígio, estapeando todo mundo, se aproveitando das mocinhas porque são gente de Gregóvio, e no primeiro pega pra capar querem se mandar? Aqui, ó. Vamos à luta. Aprígiô!

— Senhor?

— Os cachorros.

Zinibaldo reuniu-se com seu estado-maior e pediu um rápido balanço da situação. Ficou sabendo que a palha recolhida do corredor numa inocente operação de faxina fora secada e estava pronta para ser usada contra um ataque de cachorros; que as bolinhas de barro, dois sacos grandes cheios, estavam distribuídas para serem roladas contra a cavalaria; que as bombas de bambu carregadas com jiquitaia para receber um ataque de lanceiros tinham sido testadas e funcionavam bem; e mais alguns outros pequeninos truques devisados para anular qualquer jogada do Porco Pelado. Agora era esperar, e ir respondendo golpe com contragolpe até a hora de desfecharem eles os seus golpes, porque isso de ficar apenas se defendendo não dá camisa a ninguém.

— E essas bolinhas de barro não se esfarelam quando forem pisadas? — perguntou Zinibaldo. — Olhe que um cavalo pesa muito. Quanto pesa um cavalo?

— Uns seiscentos quilos em média — disse Orontes. — As bolas aguentam. Foram testadas. Experimente esmagar uma.

Zinibaldo pegou uma bolinha, examinou a redondeza. Jogou-a com força no chão de lajes, ela pulou ainda inteira. Pegou outra, soltou no chão, pisou em cima para esmagá-la: ela resistiu.

— Eu não sou cavalo, mas espero que aguentem.

— Pode ter uma ou outra que se rache ao meio, mas não vai fazer diferença. O chão vai ficar saturado delas. Já estou com pena dos cavalos, mas não tem outro jeito — disse Orontes.

— Como foi que fizeram essas bolinhas? — perguntou o senesca.

— À mão. Trabalho artesanal — explicou Orontes.

Quando a cavalaria atacou, os homens de Zinibaldo esperaram que o ataque ganhasse ímpeto, e só então jogaram as bolinhas. Imediatamente os cavalos começaram a patinar e cair, e o porão virou uma confusão de relinchos, de animais se esforçando por se levantar, não conseguindo, ou conseguindo e caindo de novo, os homens os instigando desesperados.

Montados em pelo porque as barrigueiras das selas tinham sido cortadas, os cavalarianos caíam antes dos cavalos, e muitos ficavam presos debaixo deles forcejando e xingando, e eram imediatamente desarmados das lanças e levados para o quilombo do calabouço, onde iam sendo peados e postos sob vigilância. Em pouco tempo o calabouço virou um pandemônio, era prisioneiro se lamentando, implorando piedade, pondo a culpa em Gregóvio e sendo repreendido por companheiros mais viris, que exigiam compostura; entraram naquilo, perderam, aguentassem como homens. Podia até ser que não tivessem perdido, o senesca Gregóvio não era homem de entregar o jogo ao primeiro contravapor; ele era esperto, corajoso, e já devia estar preparando alguma outra coisa, era só fecharem a boca e esperarem, em vez de ficarem dando vexame na frente de inimigos.

Essas reprimendas provocavam gargalhadas nos carcereiros, que nunca tinham visto merdecas se desentenderem na presença de paisanos. Já havia uns cinquenta cavalarianos no calabouço, muitos gemendo, alguns preocupados com a sorte dos cavalos; mas o Benjó, que era um dos carcereiros, procurou sossegá-los dizendo que não havia nenhum cavalo gravemente machucado, todos iam ficar bons com umas aplicações de linimento e uns dias de descanso, ele entendia de cavalo e examinara os que estavam mancando; se era só por isso, ninguém precisava ficar preocupado; e jogou lenha seca na fogueira:

— Deixem os cavalos, que eles estão bem. Os cavaleiros é que estão em maus lençóis.

— Por que agora? — perguntou um prisioneiro.

— Andei ouvindo umas conversas. Não é pra assustar, mas acho que devo avisar.

— Que conversa? Fala logo.

— Ouvi dizer... ouvi dizer que mandaram chamar o Nenzão. Sabem quem é o Nenzão?

Ninguém disse sim nem não, mas todos arregalaram os olhos e prenderam a respiração.

— É esse mesmo — continuou Benjó. — Todos os Pelados vão ser, ó — e passou a borda da mão direita aberta sobre o polegar da esquerda fechada, indicando a operação de cortar. — Fica bom pra quem gosta de montar em pelo. Não precisa se preocupar mais com os bagos — e soltou uma gargalhada perversa, que contagiou os demais carcereiros.

Juruá entrou para uma rápida inspeção, e quando soube o motivo das gargalhadas chamou o Benjó à parte e o repreendeu, aqueles homens eram prisioneiros, deviam ser vigiados mas não maltratados nem ameaçados; e escalou Benjó para uma patrulha de observação nos corredores e porões.

O ataque dos cachorros foi desfechado em três frentes — contra o segundo andar, onde ficavam os aposentos da família do Simpatia; nos corredores do primeiro andar, habitado por funcionários do primeiro escalão; e nos porões, para desnortear a resistência dos quilombolas. Mas todos os ataques foram repelidos prontamente com aceiros de fogo e fumaça. Logo que foi dado o aviso os homens de Zinibaldo, escondidos atrás das portas com tochas acesas, só tiveram que atear fogo às enormes maçarocas de palha molhada de azeite e jogá-las na frente dos cachorros, que recuavam espavoridos, latindo e saltando por cima dos homens que os instigavam, mordendo os que tentavam detê-los e enveredando por tudo quanto era passagem, buraco ou fenda que os coubesse. Os poucos que conseguiram pular por cima das primeiras bolas de fogo não tiveram coragem de enfrentar as outras, uivavam como lobos desesperados, atiravam-se contra as paredes de pedra, subiam por elas com uma agilidade de gato, largando unhas nas fendas; infletiam para trás e caíam em cima das bolas incendiadas, ganindo, rolando e finalmente escapando sapecados, deixando no ar um cheiro áspero de pelo queimado. Pelo resto da noite nenhum cachorro foi visto mais no campongue, e ninguém ficou sabendo onde eles se meteram. E dos homens que os treinaram e instigaram, só uns poucos voltaram para dar a notícia a Gregóvio; como os cachorros, os outros também foram se esconder em lugares seguros até as coisas serenarem.

Quando a gruma entrou na sala para perguntar em nome de dona Odelzíria que chá ele queria para tomar com os bolinhos de fubá que as duas estavam fritando, Gregóvio recebeu todo o choque da realidade. Os chás de maravalha com bolinhos de fubá, sonhos, biscoitos de polvilho fritos, lasquinhas de queijo, tudo isso de repente ficou parecendo coisas muito antigas, existindo já apenas na lembrança e na saudade. Um chá de madeira cheirosa tomado devagarinho em noite fria acompanhado de bolinhos de fubá ainda fumegando por dentro, feitos por uma Odelzíria ainda jovem, a Zizi de olhos grandes e cintura fina, a Zizi que ele gostava de sentar no colo, brincar com os cabelos dela, afundar a mão neles nuca acima, e falar das coisas bonitas que ele ia lhe dar quando fosse promovido a merdeca de primeira e mais tarde quem sabe a mijoca. E Zizi descansando a cabeça no peito dele e dizendo que não queria nada, só queria ser amada como estava sendo naquele momento...

— Isso é hora de falar em chá? Quero chá nenhum. Sai daqui. Sai daqui, fedida. Chá! Chá os colete.

Nessa altura a sala já estava quase vazia, só o informante que recebera o castigo de plantar bananeira e mais uns três ou quatro auxiliares fiéis ainda se deixavam ficar, talvez por falta de iniciativa; todos os outros haviam escapulido de fininho, cada qual com uma desculpa.

Gregóvio olhou para aqueles gatos-pingados murchos, desanimados, conformados, vencidos, e foi crescendo nele um sentimento ao mesmo tempo de piedade e raiva, talvez por ver em cada um a sua própria imagem, e teve um último rompante. Largou um murro na mesa, levantou-se e berrou:

— Fora. Fora daqui todos. Não preciso de gente molenga.

— E foi forçando-os porta afora a empurrões, barrigadas, chutes e gritos.

Quando ficou sozinho, Gregóvio pegou o facão jacaré que guardava numa gaveta, pendurou-o no cinto como espada, pegou ainda a garrucha e uma borduna. Ia saindo, hesitou. Caminhou até a porta de dentro e gritou:

— Delzira! Vou sair.

Ela veio correndo, alcançou-o na porta e perguntou se ele ia se entregar. Gregóvio nem se voltou para responder, e desapareceu nas sombras do corredor.

Dona Odelzíria e a gruma, que eram muito amigas, tomaram chá de canela e comeram os bolinhos de fubá com uma sensação enorme de alívio.

D. Estêvão já estava lavado, vestido e deitado na mesa de jacarandá de pés trabalhados, entre os símbolos do poder arrumados em volta — a grande espada de aroeira envernizada, o reco-reco de cabaça, o par de peias de sedenho; a caveira do boi (com os chifres) que o Costaduro abateu com um murro, um só, quando desmontou um complô contra o seu governo, para mostrar de uma vez por todas a quem interessasse que para derrubá-lo seria preciso alguém mais forte do que um zebu; a zorra de pederneira polida que Antão I, o Risonho, boleava no terraço de Vasabarros para reunir sua gente em momentos de perigo; o copázio de pedra-sabão no qual Balagão I, o Peito Roxo, bebeu o sangue de seu tio Orcalindo, que contestara a sua ascensão; e as inúmeras correntes, medalhas, penduricalhos, amuletos, peitorais, cinturões acumulados pelos Simpatias ao longo dos séculos, cada peça com o seu motivo histórico para ser incluída na coleção.

Vestido com o uniforme de gala dos valetes — colante de malha preta com bordados verdes e vermelhos que mais lembravam fantasia de diabo, que servira a muitos de seus antecessores, e chapéu de almirante com plumas coloridas —, Salvanor montava guarda ao cadáver mas dedicando maior vigilância aos símbolos do poder, pelos quais era responsável perante o Patrimônio.

A Simpateca e os filhos, instalados numa plataforma na cabeceira da mesa, iam cumprindo seu papel com enfado, garantidos por uma guarda reforçada. Coçando os braços gordíssimos cobertos por uma espécie de balandrau de tecido negro transparente, costurado de qualquer maneira pela gruma, a Simpateca denunciava o desejo de estar em qualquer outro lugar. Andreu sentava-se quase deitado, as pernas esticadas para a frente, os braços apoiados nos braços da cadeira, as mãos cruzadas na barriga, a cabeça caída sobre o peito, numa atitude de quem indaga quanto tempo ainda iria durar o castigo. E Mognólia, num vestido comprido de lã cinzenta, sentava-se ereta, em contraste com a impaciência da mãe e a indiferença do irmão. Ela estava ali, mas também podia não estar. Estava porque não tirava os olhos do uniforme de Salvanor, vestimenta que ela via pela primeira vez. Mas um uniforme, por mais vistoso, ou esquisito, ou incongruente, não desperta um interesse tão durável; o mais provável então é que ela não estivesse tão interessada no uniforme: olhara-o por alguns momentos, se distraíra com outros pensamentos e se esquecera de desviar os olhos.

Genísio estava lá também, mas não compunha o grupo da família. Sua atenção voltava-se para as notícias que vinham de fora e circulavam pelo velório, e parece que era esse o motivo do desassossego da Simpateca, descarregado em coceiras pelos braços. Ela tinha ímpetos de chamar Genísio para interrogá-lo, mas prometera a Zinibaldo comportar-se com discrição naquele momento de crise, quando eles precisavam mostrar que estavam aptos para assumir o comando e tapar a boca dos que achavam que não havia muita diferença entre o contestador Gregóvio e a pessoa que ia realmente exercer o poder por trás de Andreu; mas o velhaquinho do Genísio não olhava para o lado dela, ou por excesso de respeito ou por estar empolgado com as notícias, que em todo caso pareciam favoráveis, a julgar pela euforia dele.

De vez em quando uma gruma ou um grum aparecia com uma bandeja de bolinhos, de churrasquinhos, de coxinhas, e copos de suco disso e daquilo para ajudar a passar a noite e a madrugada. Mognólia não tocava em nada, Andreu só uma vez aceitou um bolinho de carne e um copo de capilé; e a Simpateca aproveitava praticamente tudo, comer para ela era uma forma de combater o enfado, já que o outro passatempo, as árias, não podia ser praticado naquele momento, e a vida dela era um enfado inteiriço da manhã à noite.

Lá pelas quatro da manhã houve um zum-zum no velório, todo mundo quis correr para a entrada, os que chegaram primeiro ocuparam todo o espaço, os outros ficaram atrás torcendo o corpo para um lado e para o outro na esperança de conseguir uma fenda que permitisse fazer uma ideia do que se passava.

De repente grande parte daquela massa veio recuando como empurrada, as pessoas pisando em quem estava atrás e sendo pisadas pelas da frente, resmungando, reclamando, quase caindo, se equilibrando umas nas outras, até que apareceu na frente deles um pelotão armado de chuços, mas não em atitude ameaçadora, o que acalmou o ânimo geral, não a curiosidade. No meio do pelotão vinha o senesca Zinibaldo, de ar cansado mas sorridente, o que indicava boas notícias.

Zinibaldo caminhou tranquilo para a cabeceira da mesa, inclinou-se para a Simpateca e falou em voz baixa ante os olhares curiosos de Mognólia e Andreu, esse já sentado em posição correta desde que vira o senesca entrar. A Simpateca falou num tom de voz controlado, mas que foi ouvido pelas pessoas que estavam mais perto:

— Estamos livres do Porco? Para sempre? Graças! Oh, graças!

Zinibaldo confirmou com uma inclinação de cabeça, e disse a mesma coisa a Mognólia, depois a Andreu, que não se alteraram. Era bom saber que a briga havia terminado com a derrota da outra parte, e que com a morte do Simpatia a vida em Vasabarros ia mudar muito e num rumo favorável a eles; mas o que eles queriam no momento era ficar livres do castigo que vinham cumprindo desde o meio da noite e que parecia interminável.

Mognólia fingia melhor do que a mãe e o irmão, mas quem prestasse um pouco de atenção notaria que aquela impassividade era mantida a custo, e que por baixo dela havia muita efervescência. Já a Simpateca e Andreu não escondiam nada, mostravam que estavam ali cumprindo pena mesmo, e só não se retiravam porque o escândalo seria monstruoso.

Depois de dar a notícia da vitória à família, o senesca Zinibaldo parou ao lado da mesa para olhar o corpo vestido com o manto cor de abóbora dos Simpatias, manto já bastante puído e manchado de tantas cerimônias iguais àquela; e enquanto pensava no significado daquele momento para a continuidade da sucessão, e do papel que ele havia desempenhado para que a história de Vasabarros não sofresse uma ruptura trágica, ele correu o olhar por todo o corpo, dos pés à cabeça, e teve um sobressalto.

O gorro de lã preta que cobria a cabeça do Simpatia, passando por cima das orelhas e terminando em duas longas abas até quase o peito, estava bastante estufado de um lado, parecendo que alguém havia introduzido alguma coisa do tamanho de uma laranja grande por baixo do gorro. Que seria aquilo? Ele procurou dominar o espanto, depois olhou interrogativamente para Salvanor, e recebeu em resposta apenas um discreto encolher de ombros.

— Há quanto tempo? — ele perguntou ao valete.

— Começou faz coisa de uma hora. Era pequenininho. Está crescendo.

— Disfarce e arranje umas flores para esconder isso. É bom que ninguém mais veja.

Era tarde. Outras pessoas já haviam notado, e cochichavam pela sala, e esticavam o queixo para mostrar, e a curiosidade levava os que ainda não tinham percebido a disfarçarem e irem se aproximando da mesa como quem não tem nada especial em mente, apenas o desejo inocente de dar uma derradeira olhada no chefão morto, e logo a mesa estava cercada, várias camadas de gente fazendo força, uns para se chegarem mais, os da frente para não serem imprensados contra a madeira, e é claro que a boa educação acabou perdendo, já se ouviam reclamações, palavrões, insultos, sem nenhum respeito com a família, que acabou envolvida pela multidão, quase tombaram a cadeira de Mognólia, a cadeira só não caiu com ela sentada porque não havia espaço, mas balançou; até que a Simpateca se levantou em todo o seu volume e berrou, com sua voz de contralto:

— Como é, pô! Vamos respeitar!

Esse berro inesperado assustou os que estavam mais perto e fez alguns recuarem ante o olhar afogueado da Simpateca. Aproveitando a pequena clareira aberta à sua frente, ela pegou da mesa uma machadinha de dois gumes que fazia parte dos símbolos do poder, ergueu-a à altura da cabeça e gritou:

— Desafaste todo mundo. Vamos, desafaste.

Imediatamente o espreme-empurra de momentos antes se repetiu em sentido contrário, todos querendo se ver longe da mesa o mais depressa possível. Mognólia agarrou-se a Andreu, pedindo que ele desarmasse a mãe e a acalmasse, mas Andreu estava se divertindo com a cena e não tinha a menor vontade de interrompê-la.

Quem finalmente desarmou a Simpateca foi o senesca Zinibaldo, que apareceu por trás dela vindo não se sabe de onde, segurou firme o cabo da machadinha perto da lâmina, e com uma torção a arrebatou. Quando Salvanor retornou com uma braçada de flores, encontrou tudo calmo como antes, e ficou achando que tinha tido um trabalho inútil, ninguém parecia interessado em ver de perto o chifre que ia crescendo na cabeça do morto.

Ao raiar do dia, o corpo foi posto na fôrma e levado para a olaria, onde receberia o barro; depois iria ao forno; e finalmente, quando resfriado, tomaria seu lugar definitivo na avenida dos Blocos, na mata do alto do morro.

A ascensão de Andreu foi pacífica, mas precedida de muita relutância. Terminada a cerimônia de Entijolamento, ele conseguiu escapulir do cortejo oficial e não foi encontrado durante a maior parte do dia. Preocupado, pensando num possível sequestro por algum grupo ainda encoberto, Zinibaldo ordenou uma busca meticulosa em todo o campongue. Todos os amigos de Andreu foram inquiridos, nenhum deu qualquer informação aproveitável. Sem dizer nada a ninguém, Genísio saiu em campo sozinho, e sem perder tempo seguiu direto para o lugar onde calculava que ele devia estar: a jaqueira que havia em um pátio pouco frequentado, e onde os dois costumavam se esconder quando queriam conversar assuntos lá deles.

— Se veio me buscar, perdeu o tempo — disse Andreu quando se viu descoberto.

— Calma. Só vim conversar.

— Então sobe e senta aqui, e eu lhe conto o que vou fazer.

— Vou subir não. Mudei de roupa há pouco. Escuto daqui mesmo.

— Está bem. Eu não quero aquilo, Genísio.

— Você acha que pode não querer? Eu também não quis vir para cá, e vim. Tem coisas que não adianta a gente espernear. É a sina.

— Não tenho vocação, Genísio.

— Se não for você, quem será?

— Não sei, nem quero pensar.

— Devia pensar. E se fosse um Porco Pelado?

— Esse já era.

— E se aparecer outro?

— Seu Zinibaldo dá conta dele também.

— Pra quê? Pra entregar a quem? Se ele fez o que fez, foi pra entregar a você.

— Ele mesmo que tome conta. Ele tem capacidade.

— Você sabe que não pode. É o costume.

— Costume de merda.

Ficaram calados, Genísio olhando o quadrilátero de céu azul que cobria as quatro altas paredes do pátio sem sentido, a não ser o de abrigar a jaqueira solitária; e Andreu olhando para a sujeira do pátio, as touceiras de capim seco, o emaranhado de gravetos, as carcaças de móveis velhos, as panelas furadas ou quebradas, as peças de roupas antigas, coisas que eram despejadas ali por preguiça dos empregados.

— Como isso está imundo, hein, Genísio? Por que não limpam?

— Porque ninguém manda limpar. E não é só aqui não. Já reparou nos porões? Nos corredores? Nos salões do segundo andar? Nas estradas e caminhos?

— É. Está parecendo tapera.

— E vai ficar cada vez pior, se você não se compenetrar. Você agora é o dono. Tem que se compenetrar.

Outro silêncio longo. O céu lá em cima havia mudado de

azul-claro em azul-escuro. Alguns pássaros já voltavam para seus ninhos na jaqueira e nos furos das paredes.

— E se a gente fugisse? Eu e você?

— Fugisse pra onde?

— Sei lá. Pra outras terras. O resto do mundo não pode ser triste como isso aqui.

— Sei não. Não conheço o resto do mundo. Mas se for melhor, não será porque os que vivem lá fizeram ele melhor?

Um gavião, ou curiango, de qualquer forma um bicho escuro de asas e de voo rápido, mergulhou no pátio, voou em círculo evitando as paredes com grande destreza, num instante percebeu o erro cometido, subiu rápido e desapareceu no céu quase escuro.

— Você me ajuda, Genísio?

Apanhado desprevenido, Genísio deu uma resposta incongruente:

— Você sempre desceu sozinho.

— Não é ajuda pra descer, bobão. É pra… pra…

— Ah. Pôr as coisas nos eixos.

— É isso. A gente pode até se divertir.

— Vambora.

Andreu escorregou da jaqueira nem muito depressa — ainda não estava convencido do acerto da decisão que acabara de tomar — nem muito devagar, porque a massa de trabalho a fazer começava a preocupá-lo; mas desceu já com a dignidade esperada do novo senhor de Vasabarros.

— Vamos depressa que eles já devem estar aflitos — disse Genísio.

— Depressa não. Vamos caminhando normal.

— Sim senhor — disse Genísio.

Os sete dias seguintes foram tomados pelos preparativos da investidura, dirigidos alegremente pelo senesca Zinibaldo, ao mesmo tempo que respondia também pela rotina do governo. O trabalho maior de Zinibaldo era refrear a Simpateca, que teimava em querer impor suas ideias extravagantes.

— Que Protocolo, seu Zinibaldo! Que coisa mais antiquada! Vamos arquivar isso. Vamos fazer um palco, levar umas árvores pra lá, muita folhagem, uma cascata, passarinhos voando, umas nuvens de gaze. De repente toca uma corneta e eu entro cantando.

— É muito bonito, dona Antília, mas não para a investidura. Mais tarde, quem sabe, numa festa de aniversário, a senhora organiza isso. A investidura já está prevista no Protocolo, tem força de lei. Se não for cumprida à risca, não tem valor.

— Chega de antigualhas, seu Zinibaldo. Faz trinta anos que eu aguento isso. É hora de mudar. Vamos abrir Vasabarros. Derrubar esses paredões. Deixar entrar o ar sadio de fora. Isso aqui é um túmulo.

— Por que não disse isso a d. Estêvão?

— Cansei de dizer. Desde os primeiros dias. O mijão não me ouvia. Era muito enquadrado. Só fazia o que estava no tal Protocolo. Acabei largando de mão.

— Fez mal. Devia ter insistido.

— Estou insistindo agora. Vamos mudar tudo. Vida nova.

Zinibaldo explicou mais uma vez que estavam vivendo um momento crítico, que tinha havido oposição pela primeira vez em muito tempo, e que não sabiam até que ponto ela tinha sido esmagada. Gregóvio estava preso, mas ele devia ter contado com apoio. Podia haver gente ainda tramando na sombra, gente que achava que d. Estêvão estava muito apático, que era preciso um pulso mais forte no governo. Ele, Zinibaldo, era a favor de mudanças, modernização, mas não já; isso precisava ser pensado com calma, depois que d. Andreu assumisse e tomasse pé. Ele, Zinibaldo, estava ali para ajudar. Que dona Antília tivesse calma, o problema imediato era investir Andreu dentro das normas, para não dar pretexto a movimentos de contestação.

— Eu confio em Andreu — disse a Simpateca abruptamente.

— Eu também. Ele vai dar certo.

A Simpateca suspirou conformada. Seria tudo como o senesca queria. Andreu também se conformou em sofrer o Protocolo, submeteu-se docilmente aos ensaios, e até recebia com jovialidade as zombarias de Mogui, mas cochichando o tempo todo com Genísio, cuja presença exigiu como condição para fazer tudo certo.

Enquanto isso, recolhido ao calabouço, que fora desocupado pelo quilombo que não tinha mais razão de ser, Gregóvio padecia as durezas da derrota. Primeiro ensaiou uma greve de fome; mas comilão como era, capitulou na tarde do segundo dia. Depois tentou criar caso com as autoridades, exigindo seus chás de cavaco após o jantar, na esperança de ser a exigência vetada: não foi.

— Se ele quer tomar essa zurrapa peçonhenta, bom proveito — disse Zinibaldo quando a exigência foi levada ao Conselho.

Os outros conselheiros acompanharam o voto de Zinibaldo, e um até sugeriu que fosse servido ao prisioneiro outros chás alternadamente — de cagaiteira, de urtiga, de malagueta, de banana verde, de rabo de cobra.

Frustrado também nisso, Gregóvio desistiu de ser rebelde e resolveu preencher o tempo fazendo bonecos e animais de barro; mas quando recebeu o barro, a mesa e os instrumentos para trabalhar, a imaginação não ajudou e ele acabou fazendo ovinhos de vários tamanhos, de rolinha, de garnisé, de ema e umas coisas compridinhas como banana e achatadas como estojo de óculos antigo, que ele dizia serem ovos de jacaré-de-arruela, bicho que ninguém no campongue conhecia nem de ouvir dizer.

Passada a fase dos ovos, Gregóvio decidiu que a grande pedida era tocar berimbau de boca. Arranjou uma talinha de taquara e um cabelo de rabo de cavalo, vergou a tala fazendo arco, e segurando o arco pelo meio na frente da boca com dois dedos da mão esquerda, com a unha do indicador direito ia vibrando o cabelo e variando o som com a abertura maior ou menor da boca, num toing-toing-taing-taing-teing-teing enjoado, que azucrinava os ouvidos do carcereiro, que nada podia fazer porque a ordem era não interferir com os passatempos do preso. Felizmente para os carcereiros, esse brinquedo também durou pouco: no meio de um desses concertos o cabelo arrebentou, e ao se encolher deu um talho no lábio do preso, saiu muito sangue, o lábio inchou e o berimbau de boca ficou relegado.

Um dia que dona Odelzíria foi visitar o marido, encontrou-o sentado no chão, encostado na parede, batendo nos dentes com a unha do indicador direito. Quando ela entrou com um embrulho, Gregóvio olhou-a e desviou o olhar. E continuou batendo tambor nos dentes.

— Trouxe pamonhas — ela disse.

Ele nem nada, batendo nos dentes.

— Onde é que eu ponho?

Gregóvio calado, nem olhava.

— Tá enfunado comigo? Ou o rato roeu sua língua?

Gregóvio calado, batendo nos dentes.

— Vai acabar perdendo os dentes, sabia?

Depois de longo silêncio, dona Odelzíria olhando em volta, segurando o pano das pamonhas, Gregóvio olhando em frente, batendo nos dentes cada vez com mais fúria, dona Odelzíria achou que chegava.

— Olhe aqui, seu tranca. Vim porque acharam que eu devia. Trouxe pamonha. Se não quer, levo de volta. Tem quem queira — e virou-se para sair.

Gregóvio levantou-se de um pulo, agarrou a mulher pelo ombro. Dois carcereiros correram para ele, um de cada lado, com os porretes armados.

— Não vou fazer nada com essa sarnenta. Só quero as pamonhas — disse Gregóvio, e arrebatou o embrulho — se é que não estão com veneno.

Foi uma mancada de Gregóvio. Ao ouvir falar em veneno, um carcereiro tomou o embrulho. A ordem era manter o prisioneiro vivo para julgamento.

Vendo-se prejudicado, Gregóvio tentou consertar, disse que estava brincando, que dona Odelzíria fazia pamonha muito bem, e era incapaz de envenenar fosse quem fosse; deixassem as pamonhas, ele ia comer, aliás estava mesmo com fome.

— Vai pra exame. Não é, Joca? — disse o carcereiro que confiscara o embrulho.

— Tem que ir — disse o outro, e foi logo tomando o embrulho e passando a um guarda que largara seu posto na entrada e viera observar a discussão.

— Está vendo o que você arranjou, seu boboroca? Agora faz cruz — disse dona Odelzíria. — Bem, já vou indo. Quer dizer que tudo bem, né? Antes assim. — E saiu serelepe, consciente de haver cumprido um dever. E ao passar pelo guarda, que ainda segurava o embrulho, disse: — Leva pra nenhum exame não, bobo. Come uma e leva as outras pra sua mulher. Ela vai gostar.

Gregóvio não custou muito a se acostumar com a vida de prisioneiro. No fim da segunda ou terceira semana ele já não fazia reclamações, comia o que lhe dessem, arrumava a cama, limpava a sua parte do calabouço e até conversava com os carcereiros como se nunca tivesse sido pessoa importante no campongue, e não mostrava interesse em saber quanto tempo ficaria ali, nem qual seria o seu destino final. Nesse período, só uma vez se irritou e ficou intratável: quando soube que Benjó tinha sido nomeado chefe da carceragem. Passada a explosão, o quebra-quebra, os bufos, ele pediu papel e pena e fez um protesto ao Conselho.

O documento foi visto casualmente por Zinibaldo, que não vinha participando com regularidade das reuniões do Conselho e não estava sabendo da nomeação de Benjó. Zinibaldo ponderou que a nomeação era inoportuna e devia ser revogada, ponto de vista que foi encampado pela maioria do Conselho.

A sentença contra Gregóvio saiu no dia 22 de setembro do ano 717 de Vasabarros: embarricamento com araponga.

A sentença foi um choque para Andreu, que esperava pena mais branda. E agora? Haveria algum jeito de salvar Gregóvio? Todos os argumentos que ele e Mognólia imaginavam para comutar ou suspender a sentença, eram derrubados pelos juristas "por falta de base legal". E a Simpateca e Genísio não ajudavam em nada, pelo contrário, parecia que esses dois queriam ver Gregóvio embarricado o mais depressa possível. Andreu passava os dias amargurado, deprimido, arrependido de não haver levado a resistência até as últimas consequências. Pensou em abdicar, mas a favor de quem? De Mognólia? Seria transferir o abacaxi para ela, supondo que ela aceitasse e que o Protocolo permitisse — Vasabarros nunca tivera um Simpatia mulher. Pensou novamente em largar tudo, fugir — mas percebeu que não seria possível, eles já deviam ter desconfiado, tanto que aumentaram a vigilância em torno dele. Droga de vida, ele dizia toda vez que seus pensamentos esbarravam na muralha da impossibilidade.

Zinibaldo e a Simpateca o acompanhavam o tempo todo, ela dizendo que ele precisava assumir, o senesca mostrando os volumes do Protocolo, puxando casos análogos, filosofando sobre as responsabilidades do poder e sobre a missão dos que são marcados para exercê-lo; mas Andreu não escutava, só queria arranjar um jeito de cair fora, ou pelo menos de não ter que embarricar Gregóvio.

Havia momentos em que ele parecia se conformar, aceitar os argumentos de Zinibaldo, e chegava a pensar em Gregóvio com certa raiva, sentimento que não teve nem nas horas de perigo, talvez por não ter conseguido levar a sério o complô do senesca de apelido tão pouco adequado a um líder vitorioso; mas esses momentos duravam pouco, e ele voltava ao estado de depressão. E Mogui? Onde estava que não aparecia mais para conversar? Ele não sabia que Mogui estava trabalhando sem descanso para tirá-lo do sufoco.

E se eu morresse? — ele pensou um dia, como último recurso; mas logo percebeu que até mesmo essa saída estava fechada: nunca o deixavam sozinho, a vigilância não afrouxava um só instante. Ele era tão prisioneiro como Gregóvio, a única diferença estava no grau de conforto: enquanto o ex-senesca dormia numa cama de palha e comia o que lhe dessem, ele dormia em colchão de paina e escolhia a comida. E se ele fosse ao calabouço conversar com Gregóvio, pedir uma orientação? Afinal, Gregóvio era um homem experiente e malicioso, podia ter alguma ideia imbatível. O problema era chegar ao calabouço, com toda aquela vigilância.

Andreu estava descobrindo que o poder tem sua dinâmica e suas leis, que não podem ser quebradas.

Finalmente chegou o dia. Um Simpatia abatido mas assumido, e até com um sorriso malicioso, foi levado ao seu lugar no palanque, ao lado de uma Simpateca impante, de uma Mogui estranhamente excitada e sorridente, de um Genísio fazendo força para se mostrar solene e compenetrado. Genísio fora nomeado valete do novo Simpatia, não para ajudá-lo a se vestir e tudo mais que faz um valete, mas para acompanhar Andreu por toda parte como amigo e confidente, se bem que tivesse deixado muito a desejar durante essa primeira crise.

O condenado foi conduzido ao espaço reservado para ele na frente do palanque oficial, entre a barrica ainda cheirando a madeira nova e a engrenagem da araponga desenferrujada e oleada por ordem do próprio Gregóvio quando ainda era senesca e tinha esperança de pôr as mãos no volátil Benjó.

Um funcionário inclinou a barrica para mostrar que estava perfeita, outro ligou a araponga. As marteladas secas e claras levaram algumas pessoas a tapar os ouvidos. Um oficial de justiça leu a sentença com voz burocrática, como se estivesse lendo uma lista de compras.

Com as mãos amarradas nas costas, vestindo a camisola de aniagem, os pés descalços, o ex-senesca olhava assustado para os lados, parece que não acreditando no que ia acontecer com ele.

O oficial de justiça acabou de ler a sentença, enrolou o papel e subiu para o seu lugar no palanque das testemunhas. Dois guardas se aproximaram para ajudar o condenado a entrar na barrica, ou metê-lo dentro à força, caso necessário. O condenado como que acordou de seu estupor, olhou horrorizado para os guardas, olhou para o palanque do Simpatia, andou uns passos e gritou com sua voz fina, em meio ao silêncio geral:

— Não é justo, Simpaticíssimo, não é justo. Com araponga não é justo. Fui um bom senesca, e não mereço isto. Peguei a parte mais difícil, que é a segurança, e servi bem. Posso ter me excedido, mas sempre pensando no interesse de Vasabarros. Com araponga não! Não é justo. — E caiu de joelhos, chorando um choro contido.

Os guardas tentaram levantá-lo para enfiar na barrica, um levou um pontapé na boca e recuou cuspindo sangue. Outros guardas vieram ajudar, o condenado esperneava, mordia, rolava no chão, dava tesouras com as pernas, sempre gritando que com araponga não, e rolando foi parar diante do Simpatia, e ergueu para ele um olhar tão sentido que o Simpatia de pálido ficou completamente branco. Mais guardas vieram, um com uma vara de gancho para espetar e erguer o condenado, mas o Simpatia levantou-se e mandou que parassem.

— Que é isso, Andreu! Deixe correr o marfim. Falta pouco, e acaba — cochichou a Simpateca-mãe.

— Agora, Andreu, agora! A frase. Diz a frase! — cochichou Mognólia do outro lado do Simpatia.

O Simpatia levantou a mão direita e falou o mais alto que pôde:

— Em nome de Java e da clava, da tranca e da panca, do cacho e do penacho, perdoo este homem. É no toco, é no choco, é no oco, é no broco, é no pau da goiaba. — E sentou-se depressa, como mandava a lei do perdão.

Zinibaldo e os outros senescas, que vinham se mantendo indiferentes, meros espectadores entediados, quando perceberam o que havia acontecido levaram a mão à cabeça todos ao mesmo tempo, naquela reação de quem acaba de ser logrado e nada pode fazer para consertar o logro. A Simpateca-mãe, que desconhecia os meandros da lei, olhava intrigada para o filho, para os senescas, para o condenado, esperando de alguém uma explicação. E Mognólia, excitada, apertava o braço do irmão em apoio e agradecimento. Os guardas também ficaram paralisados, olhando uns para os outros, sem saber o que fazer.

Finalmente o oficial de justiça desceu do seu lugar e mandou a um guarda que desamarrasse o homem. Gregóvio também parecia que não estava entendendo e continuava deitado de bruços na frente do Simpatia, soluçando. E quando se sentiu com as mãos livres, já de pé, ficou parado alguns instantes na frente do palanque, querendo agradecer mas hesitando. Finalmente caminhou para a barrica, levantou uma perna sobre a borda para entrar, julgando que tinha sido perdoado apenas da araponga, mas foi detido pelo oficial de justiça.

— O perdão é total, irrestrito. Só não dá direito à reintegração — explicou o oficial.

— Da barrica também?

— Também.

Gregóvio pareceu que tinha levado uma marretada no alto do crânio. Os olhos aguaram, piscaram muito e depressa, como se tivessem dificuldade de focar.

— Quer dizer que estou livre? Posso ir para casa? — perguntou afinal.

— Ainda não. Tem umas formalidades a cumprir. Por enquanto o senhor volta para o calabouço — explicou o oficial de justiça.

Assim Gregóvio fez o caminho de volta para a prisão, onde passaria o resto do dia. E as pessoas que se deixaram ficar para vê-lo sair, notaram um fato estranho: ele não mostrava a euforia que seria de esperar de um homem que acabava de ganhar a vida de volta; quem caminhava diante dos guardas era um homem cabisbaixo, derreado, como se agora é que estivesse indo para o castigo.

Zinibaldo, confirmado no posto de sumo senesca, pediu audiência urgente com o Simpatia, não para censurá-lo, mas para lhe dar apoio contra recriminações que ele devia estar recebendo; e também pela curiosidade de saber como ele descobrira a fórmula soberana de conceder perdão, aplicada pouquíssimas vezes na história de Vasabarros, tão poucas que quase ninguém tinha conhecimento dela, e quem tinha guardava segredo.

O Simpatia parecia uma pessoa bem diferente da de meia hora antes. Estava eufórico, corado, quase feliz, sentado à mesa, comendo o seu prato matinal de jacuba de leite. Na frente dele, andando nervosa de um lado para o outro, jogando panos para a esquerda e para a direita, a Simpateca-mãe não parava de falar.

— Não entendi o seu gesto, e acho que mereço uma explicação. Nós todos corremos perigo de vida, eu, você, sua irmã, nossos amigos. Já imaginou onde estaríamos agora se ele tivesse vencido? Nem quero pensar. Quando a gente ia ficar livre dele para sempre, você faz aquilo. Ninguém entendeu, e escreva o que vou dizer: esse seu gesto impensado ainda vai nos trazer muita dor de cabeça. Os inimigos dele, que são maioria aqui, não engoliram aquilo não. Você vai ter problemas, escreva. Por que você fez aquilo, meu filho?

— Ih, mãe! Senta aí e come jacuba.

— Sou mulher de comer jacuba, menino. Gosto disso não.

— Não sabe o que está perdendo. Não é de água não, é de leite.

Ela parou diante do filho, olhou para a mistura de raspa de rapadura, leite e farinha de mandioca que ele mexia no prato, e fez uma proposta:

— Se eu comer você responde minhas perguntas?

— Eu quero que a senhora prove porque é muito gostoso. Mas se não quer, não precisa comer. Faça as perguntas.

— Responde mesmo?

— Faça as perguntas. Mas sente aí. Não gosto de falar com pessoas em pé quando estou sentado.

A Simpateca suspirou, fez sinal a Genísio para puxar a cadeira, e sentou-se com dificuldade devido aos muitos panos que a atrapalhavam.

— Diz, meu filho, por que você fez aquilo.

Ele acabou de engolir uma colherada, olhou sério para a mãe e disse:

— Quer saber mesmo? A senhora não vai acreditar, mas é a pura verdade. Eu queria saber se aquelas palavras tinham força mesmo. Pensava que era brincadeira de criança, coisa assim como abracadabra, que eu e Mogui experimentamos para abrir portas, e não abria nada.

Ela olhou-o incrédula, e finalmente disse:

— E só por isso você salva um homem perigoso, um inimigo jurado nosso.

O Simpatia ficou sério, empurrou o prato quase vazio para longe e disse:

— Mãe, aprenda uma coisa: o inimigo de hoje pode ser o amigo de amanhã. Eu não desgosto de Gregóvio.

Zinibaldo entrou, e vendo mãe e filho sentados conversando, sorriu e comentou:

— Uma reunião de família, finalmente. Atrapalho?

— Não, o senhor chegou em boa hora. Quem sabe me ajuda a arrancar uma explicação deste cabeça-dura — disse a Simpateca.

— A explicação é essa, mãe. Não tem outra.

— Veja se é para acreditar, seu Zinibaldo. Ele diz que fez aquele papelão hoje só pra tirar a limpo se as palavras tinham força mesmo, se não eram brincadeira.

— Eu precisava saber, não é, seu Zinibaldo? Se vou tocar isso pra frente, preciso saber tudo. A senhora tem mais perguntas? Se não tem, vou atender seu Zinibaldo.

— Tenho. Quem foi o traidor que ensinou as palavras? Você não descobriu sozinho. Só pode ter sido serviço de um traidor, não é, seu Zinibaldo?

Seu Zinibaldo não respondeu, e ficou atento, esperando. O Simpatia pensou, sorriu e disse:

— Mãe, tem segredos que um Simpatia não pode contar nem à mãe. Não é, seu Zinibaldo?

— Certo, certo — disse o senesca desapontado.

— Pois eu vou descobrir. Ou não me chamo Antília — disse a Simpateca, e saiu arrebanhando panos, dessa vez sem cantar.

O Simpatia levantou-se da mesa, sentou-se com Zinibaldo num sofá de couro muito gasto, e perguntou sem grande interesse na resposta:

— O que é que meu sumo senesca me traz para hoje?

— Nada de muito importante. Passei para saber o que devemos fazer com o Gregóvio. Ele foi solto ontem, e vai ter que deixar a residência oficial. Já pensou nisso?

— Não. O senhor pensou?

— Bem, podemos exilá-lo ou arranjar uma função subalterna para ele aqui mesmo. Se ele quiser, é claro. Ele agora é livre, tem direito de escolher.

— E que função o senhor sugere?

— Temos alguns lugares vagos ou a vagar. O encarregado do depósito de lenha está vago. O fiscal da horta também. O vigia da avenida dos Blocos está para se aposentar, podemos apressar isso e vagar o cargo. Essa me parece a melhor solução, fica lá longe no morro, e tem uma casinha modesta para morar.

— Nada nas cavalariças? Ele gosta de cavalos.

— Acho desaconselhável. Ele foi comandante lá, seria muita humilhação voltar como subalterno. E lá está aquele rapaz que ele mandou para a barrica, o Benjó.

— É. Não convém. — O Simpatia pensou um pouco, suspirou e disse: — Coitado do Gregóvio. Mande alguém conversar com ele e ver o que ele escolhe. Como é que ele está? Tem alguma notícia?

— Dizem que muito abatido. E para agravar a situação, a mulher o tratou muito mal ontem.

— Será que eu fiz mal, seu Zinibaldo?

— É difícil saber por enquanto. O que está feito está feito. Você fez o que a sua consciência pediu. Faça sempre assim, que tudo dará certo.

— Mas Gregóvio não ficou feliz com o perdão.

— É cedo para dizer. Ele ainda está atônito, como quem passou perto de um canhão na hora do disparo.

— Pena que a gente não possa arranjar uma função melhor para ele. O pai gostava dele.

— Mais tarde, conforme o comportamento dele. Agora seria arriscado.

O Simpatia ficou calado, pensando. Depois falou:

— Sabe o que eu queria, Zinibaldo? Chamar ele aqui e conversar sozinho com ele, saber o que ele pretendia quando tentou nos derrubar.

— Pretendia nos derrubar, ora essa.

— E fazer o que depois?

— Tomar o seu lugar.

— Só isso? E deixar tudo como antes? Ele devia ter algumas ideias, e é isso que eu queria saber.

— Não fique imaginando coisas, Andreu. Aquele não tinha ideia nenhuma, a não ser a de assumir o poder e governar a ferro e fogo. Ideias não brotam onde não foram plantadas. Boas ideias, quero dizer.

Mogui e Genísio entraram alegres, cumprimentaram o senesca, se provocaram mutuamente, rindo muito, e se sumiram lá para dentro. O senesca olhou para Andreu, pigarreou e disse:

— Ou você separa esses dois logo, ou vamos ter um casamento não programado.

— O senhor acha?

— Acho. Notou que ela nem liga mais para o Ringo?

Andreu ia tocando a maromba sem grande entusiasmo, evitando pensar nas reformas imaginadas quando resolveu descer da jaqueira para assumir o posto. O que mais o interessava agora era montar a cavalo e percorrer as terras ignotas de Vasabarros, e de tanto ir às cavalariças acabou de amizade com o Benjó, que aos poucos foi se tornando figura importante no campongue. Essa amizade foi um grande desapontamento para a Simpateca-mãe, para Genísio e Mogui, que no entanto nem abriram a boca os dois, tão empolgados andavam um com o outro; e para Zinibaldo, que também nada dizia, preferindo pensar que aquilo fosse um entusiasmo passageiro, o menino criado quase que em reclusão se empolgando com as maneiras soltas de um cafajeste, um empolgamento que logo se esgotaria se não fosse censurado. Enquanto isso, havia as decisões a tomar, as tão faladas reformas a implantar, e o Simpatia envolvido com cavalos e cavalariços e absorvendo a linguagem deles.

Quando Zinibaldo cobrava uma decisão longamente adiada, Andreu coçava a cabeça, dizia que ainda estava estudando o assunto, e desviava o rumo da conversa. Mas era preciso insistir, o governo não podia parar, e o bom sumo senesca insistia, como era de seu dever. E de tanto insistir, acabou provocando a aversão do Simpatia, que agora relutava em recebê-lo, achava que o senesca estava querendo manobrá-lo.

A única pessoa com quem Zinibaldo se abria um pouco, só um pouco, era a mulher, dona Gerusa. Um dia, depois de uma discussão áspera com o Simpatia a respeito do comportamento do Benjó na taverna dos lenhadores, exibindo valentias e arrastando mala para todo mundo, criando mal-estar e fazendo da taverna um lugar de má fama (Zinibaldo achava que isso devia acabar, mas não teve apoio do Simpatia), o sumo senesca chegou em casa com o ânimo na cota zero. Atirou-se no sofá, suspirou e disse:

— Gerusa, se prepara para irmos embora. Não aguento mais.

Ela parou o bordado que fazia numa toalha de linho para presentear a Simpateca-mãe, e perguntou com a sua tranquila objetividade:

— Embora pra onde?

— Ainda não sei. Para bem longe.

— Para o estrangeiro?

Ele sorriu ao compreender que para ela tudo o que ficava além do horizonte de Vasabarros era estrangeiro.

— O que foi dessa vez? — ela perguntou.

— Problemas, os de sempre — ele disse, não querendo se aprofundar.

— O seu menino não toma jeito, não é?

Zinibaldo não disse mais nada, e começou a desamarrar as botinas, enquanto a mulher ia desabafando por ele.

— Quem é que entende uma pessoa assim? Primeiro ele fica penalizado com a sorte de Gregóvio, um homem que fez tudo para tomar o lugar dele, e se não fosse por você teria tomado.

Agora essa amizade de corda e caçamba com um malfeitor. E você, que foi o braço direito do pai dele e dele depois, vai sendo posto de lado sem consideração. Sabe de uma coisa? É melhor mesmo pôr as barbas de molho. Qualquer coisa que você decidir eu aprovo.

— Eu sabia que você aprovava.

Ela olhou para a toalha no colo, derramando-se para o chão, admirou a qualidade do trabalho que vinha fazendo com toda dedicação, suspirou e perguntou:

— Vai ser pra já? Se vai, não vale a pena eu continuar bordando.

— Por enquanto é só uma ideia, ainda não está amadurecida. Continue bordando. Se não for para dona Antília, será para nós.

— Sabe, Baldo — ela disse depois de um intervalo calados —, às vezes eu acho que a vida lá fora deve ser bem melhor do que aqui. Aqui é muito triste, cinzento, ninguém ri. Quando eu era menina lá em...

— Já sei, Gê. Você e seus irmãos riam muito, passeavam no campo colhendo pequi e gabiroba, e iam cantando.

— Pois é. Aqui só quem canta é Antília, e umas músicas sem graça, que ninguém entende. Não parecem cantiga, parecem imitação, caricatura.

Zinibaldo pensou, e teve de concordar. Ele também quando moço gostava de cantar, fazia serenatas e diziam que tinha boa voz. Mas isso foi há muito tempo e num lugar muito longe, tão longe, e há tanto tempo que às vezes ele achava que estava inventando, que Buritizal de Monguji nunca existiu, que o nome e o lugar foram inventados por ele só para poder pensar que ele não era produto de Vasabarros, que sua vida nem sempre fora vivida entre as gretas daquele enorme monte de pedras.

— E os dois pombinhos? Continuam agarrados? — perguntou dona Gerusa.

A pergunta trouxe Zinibaldo de volta à sala, mas ele não entendeu logo, e ela teve de explicar.

— Ah, aqueles. Cada vez mais agarrados. Ela nem liga mais para o cachorrinho.

— E Antília, como é que ela vê isso?

— Ou não vê, ou aprova. Ou não toma conhecimento, o que parece mais provável.

— Pensei que com a morte do velho ela passasse a se interessar mais pelas coisas.

— Se acostumou a não ligar.

— E Andreu?

— Parece que só quer sossego.

— Talvez seja melhor assim — disse dona Gerusa. — A coitadinha da Mogui precisa de alguém. Se não for o Genísio, quem poderá ser? Um daqueles boboquinhas comportados? Ela não tem muito aonde escolher. O Genísio pelo menos é mais vivido, apesar da pouca idade. Tem mais expediente.

— Mas está cercado de inimigos justamente por ser o preferido de Mogui. E o Benjó ainda não o perdoou, e é capaz de armar alguma cama pra ele, agora que anda de costas quentes.

— Você acha que esse Benjó tem pretensões?

— Não, não. Mas tem ódio de Genísio.

— Quer um conselho? Fique de fora.

— Já estou.

Uma coisa estranha estava acontecendo no campongue. Esmagada a tentativa de golpe, os vencedores caíram num entorpecimento inexplicável, um deixar andar, um horror a tudo que cheirasse a decisão, iniciativa, mudança. Mesmo as providências de rotina que exigissem um esforço maior, iam ficando para depois; e a modorra que escorria de cima se espalhava pelos subalternos. Era um relaxamento em tudo, até no modo de falar e de se apresentar das pessoas. Coringas e merdecas andavam em promiscuidade pelos corredores, as fardas sujas, desabotoadas, os bolsos estufados de coisas, principalmente de frutas, que eles iam descascando, comendo e jogando as cascas pelos cantos e mesmo nas passagens, o que provocava frequentes quedas de pessoas distraídas. As equipes de faxina estavam relaxando suas obrigações, o lixo se acumulava em toda parte, aumentando a população de ratos, baratas, morcegos, formigas e espalhando um cheiro azedo de matéria fermentada.

As únicas atividades levadas a sério eram o jogo e a barganha. Jogava-se de tudo no campongue, e em qualquer lugar:

baralho, palitos, dados, buzos, e as discussões que surgiam formavam um berreiro de retumbar longe. Quem não passava o tempo jogando era porque estava ocupado em atividades de compra, venda, troca de objetos vários, e até de animais. Toda Vasabarros parecia agora uma feira permanente.

E onde estava o novo Simpatia, que não punha ordem naquilo? Provavelmente se divertindo também com um passatempo inventado pelo Benjó nas cavalariças, e que consistia em jogar facas de longe numa melancia, numa abóbora ou numa jaca. Ou no jogo da ferradura, no qual se tornara muito competente. Ou galopando com Benjó e seus companheiros no descampado além do morro. Ou em farras ruidosas na taverna dos lenhadores.

O próprio Zinibaldo também foi entrando no compasso lento do momento. A ideia de renunciar e deixar Vasabarros foi sendo adiada até acabar esquecida. O senesca digno e correto, e amável com todos, não existia mais. Zinibaldo agora era um homem azedo, irritadiço, desleixado, já não se barbeava todos os dias e às vezes andava de chinelos pelos corredores, calça e paletó enfiados por cima do pijama, e dera para usar palavras grosseiras.

Já Mogui e Genísio estavam vivendo em um mundo à parte, um mundo bonito, limpo, que o clima geral ainda não conseguira contaminar. Apesar da pouca instrução, eles tinham aquela delicadeza refinada que o amor transfunde nas pessoas. Estavam descobrindo um viver novo, cada hora que passavam juntos correspondia a uma aventura emocionante, cada um adivinhando o outro e procurando satisfazê-lo, numa aprendizagem mútua que não se orientava por normas preestabelecidas porque cada momento é um momento novo e só vale quando é vivido a dois. Genísio pensava que tinha algum conhecimento do assunto, captado nas conversas de rapazes mais velhos em seu tempo de aprendiz de faxineiro, mas diante da realidade concreta e presente logo percebeu que devia esquecer tudo depressa para não perder tempo com informações de segunda mão.

A primeira vez que ele teve Mogui inteira na frente dele, no salão onde a Simpateca havia montado a famosa festa dos namorados, e que voltara a se encher de poeira e teias de aranha, ele se lembrou das noções religiosas aprendidas da mãe, e ficou olhando fascinado para aquele corpo luminoso de santinha da infância, temeroso de tocá-lo. E ela olhando-o com um olhar tão criança, sem nenhuma provocação, apenas deixando que ele a visse em sua nudez. Até que ele ouviu, talvez com os ouvidos da mente ancestral, ela pedindo que ele a tocasse, a beijasse toda, e ele atendeu ao pedido com naturalidade, e os beijos aconteceram, beijos viajantes, de parte a parte, sôfregos, gulosos, violentos, vorazes, e de repente sentiu que aquele corpo ao mesmo tempo fresco e morno estava exalando um perfume que nunca existira antes, que estava sendo produzido por ele naquele momento. Quando pararam para tomar fôlego, Mogui o acariciou no rosto, sem pressa, até que o polegar parou no canto dos lábios, e novamente ele ouviu a vozinha interior dela pedindo que ele mordesse aquele dedinho e o chupasse como criança, e instintivamente ele o cobriu com a boca e começou a chupá-lo como criança de peito, e enquanto chupava viu que Mogui fechava os olhos, virava a cabeça para um lado e para o outro e soltava uns gemidinhos semelhantes a arrulhos de pombinha satisfeita. Ele continuou chupando delicadamente, ternamente, até sentir que ela estava pedindo que parasse, mas sem falar.

— Como você soube que eu queria? — ela perguntou.

— Você pediu.

— Eu não falei nada.

— Mas pediu.

Nessas horas o entendimento entre eles era assim, intuído, natural, e acontecia sem estouvamentos nem constrangimentos. E assim, passo a passo, chegaram à suprema descoberta. Foi um momento tão novo, tão incomum, que os deixou em respeitoso silêncio por longo tempo, cada um tentando absorver o significado daquela sensação que os levara a uma quase percepção total da vida e do mundo. Era um silêncio igual ao que vigora nas igrejas nos momentos de total elevação.

Em silêncio voltaram para casa, cada um guardando ternamente a sua parte do tesouro recém-descoberto. E em casa cada um foi para o seu canto repassar a experiência.

À noitinha Genísio saiu para um passeio com o Ringo, que andava muito rejeitado ultimamente. Ia leve, ainda pisando em nuvens, o Ringo farejando serelepe alguns passos à frente. Quando Genísio virava uma curva escura, mãos e braços fortes o agarraram, vários vultos o cercaram, alguém por trás abriu-lhe os queixos à força, uma mão enfiou-lhe uma pelota de estopa ou trapos na boca, um capuz escuro caiu-lhe sobre a cabeça, e ele foi conduzido entre risos, piadas, cachações e pontapés ao longo de corredores e degraus numa longa caminhada que terminou numa espécie de loca acanhada, de paredes de pedra, chão de pedra, teto de pedra, tudo muito escuro.

Quando ficou sozinho e apalpou em volta, embaixo, em cima, com os ombros, com os joelhos, com a cabeça, não conseguiu deduzir onde estaria. E também não adiantava: ainda encapuzado, deitado encolhido no chão duro e com as mãos amarradas nas costas, ouviu ruídos de assentamento de pedras na entrada, notou que pedras rolavam para dentro e reduziam ainda mais o pequeno espaço onde o deixaram. De repente, o estalo: estava sendo emparedado.

Nunca mais ninguém ia ver Genísio nem o Ringo no campongue.

Mogui aprendeu depressa que no universo restrito de Vasabarros as pessoas não eram o que aparentavam; atrás ou dentro de cada uma havia outra, uma espécie de antônimo da primeira, e esse antônimo só se revelava em momentos de crise. Ninguém podia contar com ninguém porque ninguém sabia com quem estava tratando, os compromissos assumidos pela pessoa aparente não eram honrados pela que ficava na sombra. A única pessoa que parecia não sofrer dessa estranha doença era a Simpateca. Ela sempre fora a mesma em todas as circunstâncias.

Mas essa constatação de nada adiantava para Mogui no momento. A Simpateca não tinha nenhuma influência, não era ouvida para nada, e há muito tempo havia se conformado com a sua insignificância e se exilado num mundo de fantasia, de onde raramente saía, e mesmo assim por breves momentos. Parecia que essa foi a fórmula que ela descobriu para aguentar conviver com a sua enorme frustração. Se era uma forma de loucura, era uma loucura sensata e sadia.

O modelo mais exemplar de mutante era Andreu. Onde

estava o menino sensível, o irmão compreensivo e amigo? Por que processo maléfico teria ocorrido a mudança? Ou seria alguma doença própria dos Simpatias, uma maldição que atingia todos eles? Até as feições de Andreu estavam mudando, e depressa, para alcançar a nova personalidade. O perfil de menino bonito, de que Mogui e a mãe se orgulhavam no passado, estava se transformando rapidamente numa caricatura cruel. O sorriso tão simpático era agora um esgar acanalhado e malévolo, e o queixo bem torneado e harmônico com o rosto de pequeno príncipe bondoso estava se afinando, se entortando e se projetando para a frente como se toda noite, enquanto ele dormia, algum modelador demoníaco o visitasse para dar mais um toque deformante naquele rosto já tão entortado.

E o olhar também estava sendo trabalhado por forças invisíveis. O olhar tão puro, tão terno, de bezerro inocente, era agora um olhar duro, frio, os olhos funcionando como aberturas de um cérebro em perpétuas maquinações maldosas. Mogui teve de reconhecer que não tinha mais um irmão: o jovem desconhecido que assumira o posto de Simpatia nada ia fazer para descobrir o paradeiro de Genísio. E uma noite acordou horrorizada com um pensamento, desses tão impensáveis que só se revelam no escuro: Andreu era o culpado.

Essa suspeita, e logo uma quase certeza, foi fatal para Mogui. Se ela tivesse alguém com quem dividir o peso da descoberta, talvez conseguisse suportá-lo. A mãe há muito tempo se recusava a conhecer as realidades de Vasabarros. Zinibaldo também se exilara para um mundo de frustrações e amarguras, e quando saía dele era protegido por uma capa de cinismo difícil de ser perfurada. E amigos ela não tinha. E quando soube que Gregóvio ia ser reconduzido ao posto de senesca, compreendeu que Vasabarros era um fruto podre, e logo estaria seco.

No dia em que completava dezoito anos, data que aparentemente ia passar despercebida até pela Simpateca, ela já sabia o que devia fazer. Era um dia igual aos outros, enfumaçado, cinzento, mas com uma diferença: o Simpatia ia sair em caçada com grande acompanhamento para matar macacos na mata além do rio, ultimamente os macacos andavam muito atrevidos e apareciam até no morro da avenida dos Blocos, e um macaquinho novo foi apanhado dormindo numa mangueira no pátio do pavilhão principal.

Mogui levantou cedo, e enquanto separava algumas peças de roupa e umas poucas coisas outras para levar, principalmente joias, que poderiam ter utilidade para o povo da várzea, onde pretendia ficar por algum tempo até tomar um rumo definitivo, sentiu que a porta se abria.

Mogui nem olhou. Continuou de costas para a porta, decidindo sobre as coisas espalhadas na mesa. Finalmente a voz da Simpateca, mas num tom raramente usado:

— Vai sumir, Mogui?

Como ninguém viajava em Vasabarros, e as pouquíssimas pessoas que haviam deixado o lugar o deixaram de vez, sumir era a palavra empregada para esses casos. Mogui virou-se e encarou a mãe, não em desafio, mas como quem procura compreensão e apoio.

— Minha pobre menina. Como eu entendo você — disse a mãe.

— Entende mesmo?

— Já passei por isso.

— E se conformou. E veio me dizer que eu também devo me conformar.

A Simpateca chegou perto da mesa, pegou um peixinho de ouro de escamas articuladas que lhe davam uma flexibilidade de peixe vivo, uma coisinha menor que um dedo mínimo, com uma corrente passando por uma argolinha na cabeça.

— Você ganhou isto quando fez oito anos. Presente de Gerusa e Zinibaldo. Você grudou nele e não largava nem para dormir. Seu pai ficou enciumado, lhe deu aquele anelzinho com diamante, uma bigorninha de ouro com martelo, um tamanquinho cravejado de pedras, mas você só ligava para este peixinho.

— E quando ele sumiu, eu chorava o tempo todo e não queria nem comer.

— Foi aquela gruma antipática, a Astrojilda, que escondeu pra agradar seu pai. Mandei ela pra fábrica de farinha.

— Coitada.

— Coitada nada. Castigo leve pra uma ação tão feia.

— Mas aí?

— Aí o quê?

— A senhora não quer saber o que eu vou fazer?

— Vai sumir.

— É. Vou sumir.

Ficaram caladas, as duas olhando e tocando as coisas em cima da mesa, as peças de roupa, as joias. Por fim, a Simpateca falou em tom casual.

— E o filho? Já tem planos para ele?

— Que filho, mãe?

— Que filho? Então você passa aquelas tardes com Genísio naquele salão e me pergunta que filho? Quando um rapaz e uma moça se deitam juntos… não, não precisa dizer nada, eu sei; quando isso acontece, nasce filho. Não sabia não?

Mogui olhou espantada para a mãe, depois olhou indecisa para as coisas na mesa, como adquirindo consciência de que as palavras da mãe podiam mudar os planos amadurecidos durante a noite.

— Não sei para onde você pretende ir, Mogui, mas preciso dizer uma coisa. O melhor lugar para essa criança nascer é aqui.

Ela é um Costaduro, e o lugar dos Costaduros é Vasabarros. Foi por isso que eu não sumi há vinte anos.

— E que adiantou?

— Nada. Mas umas frutas bichadas não inutilizam a fruteira.

Mogui olhou triste para a mãe, recebeu um olhar triste dela, e sentiu uma necessidade enorme de abraçá-la. O abraço veio naturalmente, e as duas ficaram unidas por longo tempo, caladas, se reconhecendo, se entendendo. Quando finalmente se separaram, Mogui perguntou:

— Se eu ficar, será que daqui a outros vinte anos estarei como estamos agora?

— Você tem que aventurar, como eu aventurei. No meu caso foi uma decepção, mas cumpri o meu papel. Se eu tivesse sumido, teria ficado sempre na dúvida. Aprenda uma coisa, Mogui. Este lugar tem uma maldição, e quem nos diz que não a levamos se sumirmos? O melhor é ficar e tentar decifrar a maldição, assim quem sabe a gente consegue desmanchá-la para os nossos netos ou bisnetos? Eu não fui capaz, tudo o que fiz dessorou. Mas enquanto eu viver, ajudo você. Tentei sozinha. Não pense que fui sempre assim, essa mulher desligada que você conhece. O papel de maluca foi a minha salvação.

Mogui abraçou a mãe com uma ternura que ela mesma não sentira ainda. Aqueles cabelos que já iam embranquecendo, o rosto cheio, nutrido, encostado ao dela, falavam de uma pessoa que ela parecia estar conhecendo agora, uma pessoa que talvez ainda tivesse muito a dar. Sentindo que o momento não era para lágrimas, mas para decisão, Mogui reagiu, afastou-se da mãe, recompôs-se e falou, com a voz mais clara que conseguiu emitir:

— E Andreu?

— Andreu não tem salvação. Ele comeu o biscoito maldito, e gostou. Nós o perdemos.

— Mas um dia ele vai casar, e ter filho, e o filho dele será o Simpatia.

— Andreu não vai ter filho.

— Como não vai?

— Dr. Bolda já me disse.

— Coitado.

— Coitado mesmo. Por isso é que desculpo o comportamento dele. Ele deve saber também, e o que está fazendo é uma forma de vingança.

— E os inocentes é que pagam?

— Até o dia em que ele chegar ao fim da linha. Aí então juntaremos os cacos, ou você juntará os cacos. Eu não sou eterna.

— E se não tiver mais cacos para juntar?

A Simpateca alisou os cabelos da filha para trás, beijou-a na testa e disse:

— Sempre haverá, Mogui. Haverá sempre um chão, uma esperança.

Posfácio
Um campongue aberrante
Agostinho Potenciano de Souza

Aquele mundo de Vasabarros é o sétimo livro de José J. Veiga. A obra está inserida num "ciclo sombrio" (designação que lembra o projeto de José Lins do Rego, cerca de cinquenta anos antes, com o seu "ciclo da cana-de-açúcar"), assim como três títulos anteriores do autor. Trata-se de romances em que o cenário da narrativa se dá em comunidades conduzidas por poderes autoritários, que executam um projeto burocrático de opressão. O primeiro, ainda um pouco leve, é *A hora dos ruminantes*, escrito entre 1962 e 1963, mas publicado apenas em 1966. Depois vieram *Sombras de reis barbudos* (1972); *Os pecados da tribo* (1976); e o quarto da série, *Aquele mundo de Vasabarros* (1982). Na mesma direção de reflexão sobre o modo de governar, ainda seriam escritos *Torvelinho dia e noite* (1985) e *A casca da serpente* (1989). Todos eles com elementos já apresentados nos contos "A usina atrás do morro" (1959) e "A máquina extraviada" (1969) — um convite para o leitor se posicionar perante os fatos de modo crítico, analisar a trama e perceber um jogo de forças de poder usurpando a condição humana de liberdade.

Escrito durante o período militar, o contexto histórico de *Aquele mundo de Vasabarros* é, para alguns críticos literários, determinante, uma vez que a situação social repercute com força nas obras de ficção de José J. Veiga. Outros o situam no gênero *insólito*, com personagens e fatos que soam incomuns (por exemplo, os chifres do Simpatia Estevão IV tanto na infância como no leito de morte).

Ao mesmo tempo, no âmbito literário mundial, este livro poderá ser compreendido entre os que fabulam lugares *distópicos* e também trazem à tona as relações de poder na sociedade, como *Admirável mundo novo* (1932), de Aldous Huxley; *A revolução dos bichos* (1945) e *1984* (1949), de George Orwell; *Fahrenheit 451* (1953), de Ray Bradbury. São tramas escritas com ironia sobre como nos organizamos e vivemos na pólis, a vida em comum. A *distopia* torna-se um campo de ficção que se contrapõe à *Utopia* (1516), de Thomas More, uma história que se passa numa ilha onde há uma sociedade ideal.

Enquanto, atentos, vemos em *Aquele mundo de Vasabarros* modos humanos universais de uma vida sem liberdade, desumanizada, pensamos algo parecido com o que pergunta Genísio, um simples ajudante de despensa, em uma conversa sobre o futuro de Andreu, o herdeiro do soberano, que logo será o responsável pelo reino: se houver um mundo menos triste que este aqui, "não será porque os que vivem lá fizeram ele melhor?" Ali em Vasabarros, ninguém é livre e feliz, todos são prisioneiros de um regulamento criado séculos atrás, e "suas leis não podem ser quebradas".

No início do livro, o narrador, ao apresentar o nome do lugar, *Vasabarros*, adverte o leitor: "Mesmo não tendo também muito sentido, pelo menos é fácil de dizer e evoca conceitos aceitáveis com um mínimo de imaginação". Até imagino um sorriso brincalhão de J. Veiga ao fazer essa provocação na voz do narrador: o leitor é convidado a ser um parceiro. E fica quase impossível analisar "aquele mundo" e não pensar no que também escorre "deste mundo", isto é, a lama dos governos tirânicos e burocráticos, espalhados por toda a parte, no tempo e no espaço. Assim, fabricamos nossa compreensão, respeitando as palavras do texto, nos permitindo divagar.

Como leitores, muitas vezes temos vontade de fazer perguntas ao autor, e tive essa chance com José J. Veiga. Em entrevista por carta — num tempo em que eram datilografadas —, ele disse: "Esses livros foram escritos para desassossegar".* Estávamos falando sobre as massas humanas em suas obras, submissas, que aceitam todos os autoritarismos. Para ele, a atitude revolucionária de um escritor não seria mostrar "uma população oprimida reagindo e acabando com a opressão (uma mentira)" — isso levaria o leitor a fechar aliviado o livro. E completou: "O escritor tem a obrigação de optar por pensar, tem que pesquisar mais, cavar mais fundo". Já que um livro "pouco pode fazer para corrigir injustiças, se conseguir causar desassossego, já conseguiu alguma coisa".**

Como mencionado antes, não são poucos os que fazem das obras do "ciclo sombrio" uma alegoria restrita, procurando uma relação traço a traço entre as figuras da narrativa e os acontecimentos dos tempos da ditadura militar no Brasil (1964-85). O próprio escritor, na ocasião do lançamento de *Aquele mundo de Vasabarros*, em 1982, confirma a presença da atmosfera daquele momento, uma experiência de regimes de governo que ele enfrentou depois de adulto: em 1937, na era Vargas, e, mais tarde, como os romances deixam claro, com os governos dos generais

---

* Agostinho Potenciano de Souza, *Um olhar crítico sobre o nosso tempo:* Uma leitura da obra de José J. Veiga. Campinas: Ed. da Unicamp, 1990, pp. 151-9.
** Ibid., p. 155.

que se sucederam na presidência. Sua reflexão, porém, vai além: "A coincidência entre o clima interno desses livros e o clima externo facilitou a leitura política. Mas o meu projeto ao escrevê-los não era ficar na mera denúncia de um regime de opressão: se fosse, os livros ficariam datados quando o regime exaurisse, como se exauriu (aliás, durou mais do que eu calculava)".* De fato, o clima autoritário, burocrático, cuja maior ocupação é vigiar e punir, tem se repetido.

Em uma conversa sobre a crítica a respeito de sua obra, no fim da década de 1980, Veiga me disse que não tinha lido ainda nenhuma resenha sobre o ponto de vista filosófico em seus livros. Então, eis aqui: entre os gregos, Aristóteles, na *Ética a Nicômaco*, privilegia a razão como modo de buscar a compreensão do universo, encontrar nele o bem, a felicidade. Tal busca é realizada pelo filósofo, esse que se distingue dos outros dois grupos dos cidadãos: os mais qualificados, os políticos, procuram as honras e o poder; e os mais vulgares, o povo, identifica o bem com o prazer. O filósofo e o artista, podemos acrescentar, querem exercer um papel de *theoretikósbios*, literalmente, ser espectador, aquele que olha, contempla, indaga, busca respostas.

Ética a Nicômaco é considerado preparatório para o livro *Política*, que trata da vida na pólis, a comunidade, a cidade. Em síntese, a ética, segundo Aristóteles, a vida conduzida pela razão, pelo caráter, nos prepara para a vida social, a vida política, a vida de todos.

As histórias do "ciclo sombrio" são narradas de um ponto de vista ético, esse que a filosofia valoriza: ser livre implica necessariamente ser racional, preocupar-se com o fato fundante da moral, a felicidade coletiva. O homem ético pratica suas ações pelo bem de todos. A leitura de um livro como *Aquele mundo*

---

* Ibid., p. 154.

de Vasabarros torna-se um convite a filosofar sobre a pólis, ao tratar do poder, da submissão, das leis e do destino de todos que precisam encarar esse mundo sem denegar a liberdade.

Quanto ao estilo, a escrita de J. Veiga é pautada pela linguagem simples, próxima do uso corrente de conversas informais. O que surpreende no seu modo de narrar é a frequente ironia com que trata o universo do poder. Em *Aquele mundo de Vasabarros*, o rebaixamento do soberano, a partir da designação "Simpatia", é levado ao deboche pelo apelido de "Mijão". Sua esposa, a Simpateca, é uma pessoa meio "passada", que fica cantando árias pelo palácio, como uma fuga da loucura. O Cerimônia é apelidado Gambá Engraxado, graças à brilhantina em excesso nos cabelos. Entre os senescas (auxiliares mais próximos do soberano), Zinibaldo é uma figura séria, enquanto Gregóvio, o "Porco Pelado", é o oposto, um bufão. No personagem se juntam aspectos habituais (como comer mandioca com melado, ou bolo de fubá com chá) a aspectos excêntricos e ridículos (como chá de cavaco com delgadas fatias de queijo). Sua ação é marcada por bravatas de demonstração de força e pelo contraste de um gordo com a voz mansa. Entre seus rompantes de esquisitice de chefe, dá voz de prisão a um subalterno e, logo, por clemência, transforma a punição em deixá-lo de castigo "plantando bananeira" — ridícula fusão da ingenuidade com a loucura. Tão tosco que Gregóvio "tinha o hábito de bater nos dentes com os dedos do lado da unha, produzindo sons cujo tom variava de acordo com a abertura que ele ia dando à boca". Além disso, sua esposa Odelzíria é magrela, ossuda, nariguda e estrábica. Vive malvestida, despenteada e sabe de todas as novidades por ficar escutando atrás das portas. Agregados a esse primeiro escalão, estão os fiscais da ordem, os mijocas e os merdecas — neologismos suficientemente ultrajantes.

Vasabarros é um campongue, "um vasto conjunto de prédios grandes, médios, pequenos, altos, baixos", situado "fora dos caminhos e das cogitações do mundo". O narrador é cáustico: esse feudo era uma peçonha, lugar feio a qualquer hora, triste, só poderiam escorrer coisas ruins de suas ruínas. A razão disso: "Vinha atravessando os tempos sempre nas mãos de descendentes da mesma família de início ou origem ignorada" — o tema, já na apresentação, direciona o leitor para as questões do poder do governo. Estamos em um lugar de lama. Ali vive uma população sob o regime dos Simpatias, uma família que administra o lugar há mais de setecentos anos. No momento da narrativa, quem governa é o Simpatia Estevão IV, casado com a Simpateca, d. Antília. São auxiliares imediatos os senescas Gregóvio e Zinibaldo. As leis os obrigam a cumprir regulamentos antigos, e o ato de vigiar e delatar é tradição para todos os habitantes. Pegar alguém em erro e entregar à autoridade é ocupação dos vigias oficiais, os merdecas e os mijocas, e de todos os demais trabalhadores, os da cavalariça e também os moradores da parte mais miserável, o quilombo — local dos doentes, aleijados e mais pobres.

A imagem da distribuição dos andares é análoga às posições sociais: no primeiro andar, estão os funcionários do primeiro escalão; no segundo, os aposentos da família do Simpatia; no terceiro, estão os porões, onde habitam os inferiores, em condição de miséria, os quilombolas, os serviçais, bem como a Caverna dos Trapos, "o lugar onde recolhem os doentes, os aleijados, os que ficam loucos". Entre corredores, escadas, esconderijos e caminhos subterrâneos, vive uma população triste: crianças, por exemplo, não brincam e não podem ter animais de estimação. Há tortura, prisão e morte. É um ambiente de sombras e sem nenhuma liberdade.

O fio da trama começa no Enxoto das Aranhas — "uma cerimônia que se realizava no dia 1º abril" (que ironia!) —, em que todos os funcionários se organizam para limpar o lugar. Na data, dois episódios iniciam a intriga: um deles é a briga entre um ajudante de despensa e um rapaz das cavalariças durante a limpeza e o outro, ao final do dia, se passa no Salão da Premiação: Mognólia, a filha do soberano, quebra o ritual com um choro inconsolável — seu cachorrinho havia sumido. Esses acontecimentos entrelaçam os principais episódios da narrativa.

Ringo, o cachorrinho, foi parar na casa de um ajudante de despensa, Genísio. Dias depois de muito choro de Mognólia e de procuras em vão, Genísio sai para passear com o cãozinho e é conduzido, pelo instinto caseiro do animalzinho, até os aposentos dela. Aos poucos, os dois jovens se relacionam, apesar da forte vigilância. Tal fato torna-se um problema grave para o herdeiro do governo: como um auxiliar de despensa poderia ficar tão próximo da família soberana?

O outro parceiro do acidente no Enxoto, o rapaz da cavalaria, é Benjó. Capturado na hora do entrevero pelo Vedor-Mor, senesca da segurança, é levado para a barrica com araponga — amarrado em um tonel, o prisioneiro é torturado por pancadas metálicas contínuas, de enlouquecer qualquer um. Ali Benjó sofre por vários dias, até que seus colegas, descontentes com a situação imposta pelo governo, o libertam. Receoso de ser preso de novo, permanece em refúgios, até que seu grupo toma partido com o senesca Zinibaldo, para se opor ao movimento de usurpação do poder que o senesca Gregóvio organizara, prevendo a morte do Simpatia Estevão. Benjó assume tarefas de confiança, entre as quais, provavelmente, a de dar um sumiço em Genísio, o invasor dos espaços reais.

Outro ponto importante da história é a decadência de Estevão e o processo de ocupação do posto de Simpatia. Vigiar a população parece ser a grande preocupação do soberano. A relação com a Simpateca e com os filhos, Andreu e Mognólia, é fria, de pouca proximidade. A saúde do Simpatia debilita-se gradativamente.

Já no leito de morte, ele sonha que, na infância, fez uma viagem para retirar um chifre. Ao acordar, piora e falece. O cadáver apresenta, de repente, um novo nascimento de chifres. Os familiares, surpresos, tratam logo de levá-lo para o enterro, antes que todos percebam o vexame.

Assumir o posto de Simpatia em Vasabarros torna-se um grande problema. O filho Andreu, ainda adolescente, não se sente pronto para a sucessão; o principal auxiliar direto, o senesca Gregóvio, arma um golpe de tomada do poder. Descoberto pelo trabalho do fiel senesca Zinibaldo, Gregóvio é preso e condenado ao embarricamento com araponga. Andreu, apesar de buscar um jeito de negacear a responsabilidade herdada, é empossado como o novo Simpatia. Inexperiente, pouco consegue fazer pela mudança, apesar da intenção de "pôr as coisas nos eixos", que é urgente no reino de Vasabarros. Sua primeira grande ação, que espanta a todos, menos à Mognólia, sua comparsa, é usar a lei do perdão em favor de Gregóvio, um rito feito com estas rimas: "Em nome de Java e da clava, da tranca e da panca, do cacho e do penacho, perdoo este homem. É no toco, é no choco, é no oco, é no broco, é no pau da goiaba". Um ritual sem retorno. Aos poucos, porém, muda a direção de suas ações e pouco faz de diferente em relação ao decadente pai: alia-se a Zinibaldo para as vigilâncias de sempre, além do propósito de impedir a relação de Genísio com Mognólia.

Uma cena surpreendente liga os dois fios principais da narrativa: por indicação do Simpatia Andreu e do senesca Zinibaldo, o pobre Genísio, que se atreveu a viver em meio à família real, é emparedado nos subterrâneos de Vasabarros, junto com Ringo, o cachorrinho que o uniu à classe soberana. Tudo leva a crer que a ação tenha sido comandada por Benjó como uma vingança pessoal.

Nesse mundo horrível, a narrativa insere, como contraste,

um intervalo de espaço aberto, livre, oposto ao ambiente de Vasabarros, ao contar o sonho do Simpatia já quase moribundo. Estevão, então menino, precisa da ajuda de uma benzedeira para retirar um chifre que está nascendo em sua cabeça. Para isso, faz uma viagem a cavalo, junto com dois acompanhantes. Pelo caminho, apreciam paisagens e bichos do cerrado, encontram um bando de emas, admiram o pôr do sol e pousam na beira de um rio. No outro dia, um dos cavaleiros pega um tatu, mas não consegue segurá-lo — motivo de troça do companheiro. Chegam ao rancho de mestra Faustina. Ali é feito um ritual, na lua certa, com ramos, fumaça, pote de barro, ervas maceradas, rezas e benzeções. Um sono bom, e o menino fica livre do chifre.

Ainda em contraste com esse reino triste, cinzento, onde ninguém ri, surgem lembranças do tempo em que Zinibaldo, fora de Vasabarros, era moço: "Gostava de cantar, fazia serenatas e diziam que tinha boa voz". Sua esposa, dona Gerusa, também anda com saudades da "vida lá fora", quando ela e "seus irmãos riam muito, passeavam no campo colhendo pequi e gabiroba, e iam cantando". Uma alegria que a burocracia dos Simpatias nunca permitiu. E o campongue, no reinado de Andreu, deve continuar assim, sempre escuro, sem as alegrias simples do cotidiano familiar, sem as árvores, os pássaros e os rios.

No fim da história, enquanto Andreu planeja caçadas, Mognólia — que conhecera os porões de Vasabarros, conduzida por Genísio — pensa em celebrar seus dezoito anos levando algum benefício para o "povo da várzea". Em conversa, ela e a mãe percebem que nada vai mudar, ao menos por enquanto. A garota quer "sumir". A Simpateca explica que Andreu age como seus antepassados, "comeu o biscoito maldito, e gostou" — seu governo herdou o autoritarismo e a perseguição. Vinte anos antes, ela também pensara em ir embora. Agora, busca compreensão da filha e aconselha: "É melhor ficar e tentar decifrar a maldição, assim quem sabe a gente consegue desmanchá-la para os nossos netos ou bisnetos". A expectativa da Simpateca e de Mogui é que o filho que provavelmente a menina espera de Genísio, um Costaduro, seja o próximo herdeiro. Andreu não terá filhos e atua como os demais. A tarefa delas é juntar os cacos do que sobrar desses governos malditos, acreditar que "sempre haverá um chão, uma esperança".

Desde A *hora dos ruminantes* (1966), vários críticos mostram um desacordo com esse tipo de final das histórias de Veiga, que delineia uma superação do pessimismo. Para eles, a esperança é ingênua. Porém, o escritor não acredita "que a massa humana esteja condenada à submissão eterna. Ela será submissa só enquanto não decidir mudar a situação". Tal posicionamento vem da sua "maneira de encarar o mundo e a vida, e de reagir diante dos problemas", já que "a liberdade é essencial ao ser humano". E acreditar nesse "bem implícito na composição do ser humano é o primeiro passo para chocar os que o denegam".[*] Os diversos modos de despotismo dos que governam não conseguem extinguir essa sede básica do desejo humano de ser livre e viver em uma pólis onde o maior interesse é o bem de todos.

[*] Ibid. p. 158.

Sugestões de leitura

AMÂNCIO, Moacir. "José J. Veiga". *City News*, 28 mar. 1982.

COUTO, José Geraldo. "A velha nostalgia do paraíso perdido". *Folha de S.Paulo*, 16 set. 1985.

FERRAZ, Geraldo Galvão. "Arrepiante alegoria do real". *IstoÉ*, 15 set. 1982.

MIYAZAKI, Tieko Yamaguchi. *José J. Veiga: De Platiplanto a Torvelinho*. São Paulo: Atual, 1988.

PRADO, Antônio Arnoni (Org.). *Atrás do mágico relance: Uma conversa com José J. Veiga*. Campinas: Editora Unicamp, 1989.

SOUZA, Agostinho Potenciano de. "Vasabarros: Um mundo de todos nós". *O Popular*, Goiânia, 22 jan. 1983.

_____. *Um olhar crítico sobre o nosso tempo: Uma leitura da obra de José J. Veiga*. Campinas: Editora Unicamp. 1990.

STEEN, Edla van. "J. J. Veiga". In: _____. *Viver & escrever*. Porto Alegre: L&PM, 1982. pp. 73-84. v. 2.

ESTA OBRA FOI COMPOSTA EM ELECTRA POR VANESSA LIMA E IMPRESSA
PELA GRÁFICA PAYM EM OFSETE SOBRE PAPEL PÓLEN SOFT DA
SUZANO S.A. PARA A EDITORA SCHWARCZ EM DEZEMBRO DE 2022

A marca FSC® é a garantia de que a madeira utilizada na fabricação do papel deste livro provém de florestas que foram gerenciadas de maneira ambientalmente correta, socialmente justa e economicamente viável, além de outras fontes de origem controlada.